U0619260

主编　凌翔

当代著名作家美文自选集

去哪里　都在风的方向里

浅笑而安　未来可期

吴瑛　著

天津出版传媒集团

天津人民出版社

图书在版编目 (CIP) 数据

去哪里 都在风的方向里：浅笑而安 未来可期 /
吴瑛著 . -- 天津：天津人民出版社，2019.11
（当代著名作家美文自选集 / 凌翔主编）
ISBN 978-7-201-15456-5

Ⅰ . ①去… Ⅱ . ①吴… Ⅲ . ①散文集—中国—当代
Ⅳ . ① I267

中国版本图书馆 CIP 数据核字（2019）第 225326 号

去哪里 都在风的方向里 浅笑而安 未来可期
QUNALI　DOUZAI FENG DE FANGXIANGLI　QIANXIAOERAN
WEILAIKEQI

出　　版　天津人民出版社
出 版 人　刘　庆
地　　址　天津市和平区西康路 35 号康岳大厦
邮政编码　300051
邮购电话　（022）23332469
网　　址　http://www.tjrmcbs.com
电子信箱　reader@tjrmcbs.com

责任编辑　岳　勇
装帧设计　陈　姝

印　　刷　北京楠萍印刷有限公司
经　　销　新华书店
开　　本　710 毫米 ×1000 毫米　1/16
印　　张　13
字　　数　200 千字
版次印次　2019 年 11 月第 1 版　2019 年 11 月第 1 次印刷
定　　价　49.80 元

序

寄存远去的日子

小区附近那条街，各式乐器店填满了。一把超小的吉他，挂在那里。来去几趟，看得眼馋，终于停下来，抱在手上拨弄，再不肯放下。

吉他，我二十岁就有过。远方的姨妈，送生日礼物，千里迢迢，背的就是一把吉他。可惜姨妈自己不弹，选的时候，选大了。大了也不妨碍我的喜欢。背着到学校去。喜欢在深夜，坐在便道上，灯光昏暗，却可以轻弹。现在想来，真想揍自己一顿，明摆着影响别人休息。可当时就狂热着呢。弹那首《兰花草》：我从山中来，带着兰花草，种在校园中，盼望花开早……旋律简单，弹奏轻松。

后来琐事太多，吉他就再也没有碰过。这次遇上的，是四弦的，叫尤克里里，极小，站在店铺的当门，我就开始拨弄起来。拨什么呢？《一闪一闪亮晶晶》，然后就是《春天在哪里》。再弹我最爱的《在水一方》，二十岁的日子穿云踏雾随歌声而来。

一个晚上，抱着尤克里里，什么事也做不成了。拍照、晒朋友圈，坐飘窗上不停地"轰炸"家人的耳朵。

想起那年，一个哥哥，因为喜欢姐姐，总去我的校园找我。后来因为相隔太远，哥哥和姐姐分手了。那个夜晚，哥哥坐在我对面，弹吉他。哥哥是军人，军人很多弹得一手好吉他。哥哥和我不熟，交谈便不会深入，可是那个晚上，他明显需要人安慰。只是我什么也不懂，什么也没做。坐在他的对面，听他弹，一首又一首，突然他停下来，点了一支烟，烟头明灭中，我看到了男人的泪。

后来，男人回了远方老家，姐姐过得幸福安宁。我就很庆幸，当时自己什么也没做，姐姐真要嫁到远方，我这习惯老姐伺候的娃，岂不是太不幸了？

尤克里里的狂热，持续了一晚，今天如常上班。下班路上，遇到好友梅，表扬我写的文字，夏有蝉鸣冬有雪飘走过来的每一秒，在我眼里都是风景，都是好日子。真正懂我。我所有的文字，并不用来粉饰太平，而是我最擅长，把最不经意的时段，过成诗。说话间，路过拆迁的一家，满盘狼藉，我兴冲冲地捡来四个盘子，角落有点破损。一个树墩做的砧板，满是油污和霉点。

到得家来，盘子洗得干干净净，放在花盆下面做托盘，洁白的瓷色衬得花盆也神气几分，破损的被恰到好处地遮盖了起来。砧板被洗刷干净，露出木本色，自然天成，把一盆组合盆栽搬了上去，精致与笨拙的完美搭配。

刚打开手机，一条签名跃入眼帘，真正怦然心动：你来人间一趟，应该看看太阳，和心爱的人牵手走在街上。好吧。都把远去的日子，寄存起来，有朝一日，蓦然回首，那是悬挂在岁月窗口的风铃，每有风轻拂，便有脆响串串……

目　录

第三辑　倚红妆　*　帘儿下听人笑语

第一辑　万千爱　＊　沉醉不知归路

遛小宠

　　小胖子拎着新做的饼饼，不用我帮忙，一口气跑到四楼。一路经过的每家门上，都贴着春联。他都要停下来，用手摸一下，叫声：姑爸爸。我们家那个男人，在他小小的心目中，一定就是个书圣。他长大了要是从事书法，应该直接找我算账。跟他说，姑姑家是四楼。然后教他认401。正是学舌的年纪，你说什么，他学什么。抱他起身按门铃，快乐地唤："姑爸爸！"

　　先生来开门，冷不防他快乐地扑了进去。先生一把接过他，他急了，啊，不要。明明白白的拒绝。自己爬上凳子，先生正在训话我，回家晚了。小胖子听不懂，兀自快乐地招呼着："姑爸爸，吃饼饼。"蓦地，下了座位，跑到儿子面前，唤："哥哥，吃饼饼。"儿子正在玩游戏，难分难舍，敷衍地说："马上好马上好！"

　　小胖子乐颠颠地又坐下，嘴张得很大。台湾手抓饼，我也爱吃。爷爷管得严，常常批评是垃圾食品，今天好容易逮着他老人家饭局了，我和小胖子得逞，只是站那儿，等人家做有些时间长，这不，四个做回家，就晚点了。

哪能安生地吃？不一会儿，他就直接下地玩了。这回瞎弄东西了，是插座。先生说：赶快把反动派弄走！好吧，去哪儿玩呢？小胖子拍拍圆滚滚的肚皮，满足地叹：吃饱了。

抱过他，下楼梯，晚风习习，正是散步好时光，再三邀请练字的两个男人下楼，大大小小四个人，竟有些浩荡了。

先生腿长，走在前面。儿子玩手机，落在后面。我要看护小胖子，不离左右。他摇摇晃晃地追先生，高声唤姑爸爸，在他的身后跑，要拉他的手。先生牵着他，他倒乖，一路跟着。过了一会儿，回头找我，开始点名：姑姑走！哥哥走！姑爸爸走！

路灯下的街道，不同的感觉。领着他走在人行道上。经过一个池塘，有青蛙叫，远远近近。我们都停了下来。咕儿呱咕儿呱此起彼伏，一唱一和。他有些受惊，朝我扑来："怕怕。""不怕不怕。青蛙叫。"他有个早教机，里面有青蛙叫游戏，他想起来了，不怕了，开始学。

继续赶路。他突然想起来了，告诉我：青蛙不叫了。果真，再听不到那片蛙声了。他又扯起小胖腿往前冲。对面一对夫妻，牵着一条狗走来了。

小胖子停下来唤：狗狗。那两人开心坏了，朝着小胖乐，我也笑，应着：我们也在遛狗。回头一望，足有几里路下来了。先生一把抱起他，怕他累坏了。他挣扎着："给姑姑抱抱。"

我劝着："给姑爸爸抱抱。他正好锻炼身体，又要减肥。"小胖子立马成全，先生表演：看，一只手就可以举起小狗狗的。一只手还可以照玩。小胖子在先生手里，东张西望。先生考他，指耳朵鼻子下巴，认到眉毛时，小胖子不知道了，胖手在先生脸上乱捋。

一只癞蛤蟆爬来，儿子惊地叫了一声，旋即用手机追着拍起来。小胖子来劲了，挣脱了下地。我们把癞蛤蟆团团围住，我想抓了给小胖子好好看看，可是还是嫌太丑，不敢下手。儿子也有好久没看到它了，新鲜着呢，说说上发个不停。

好久没有走过这么远了，我们三个开始轮番抱小胖子，心疼他今天的表现，明显没有刚出门那么劲头十足了，每隔几步，还会邀请我们：坐下歇歇。只是几分钟停留，出脚就是奔。跑前又跑后，叫我们，姑姑，姑爸爸。再回头时，妈妈，爸爸。混乱不堪了。哈哈大笑，一把举起他，在他的小胖脸上啃地瓜：就做我们家小乖乖。当下小乖乖、小宝贝地唤，又戳中他的笑点了，在我的怀里笑得东倒西歪。

交给爷爷奶奶时，早已汗湿衣衫，大概已经累极，爽爽快快地和我们挥手再见，待得掉转车头时，还在爽声拜拜，今夜睡觉肯定踏实了，梦中他会不会笑出声来，一路学我们唤癞蛤宝？

荷塘月色

　　和卢姐姐一起去看冯老师家先生。先生肾病严重了，准备血透。

　　冯老师还是从前的模样，职业套装，颈间一方小真丝丝巾。看到我们，冯老师是真的开心，扶先生坐起，让先生抬起胳膊给我们听。没有太明白，应该是手术的前期开始了，在体内植入了什么，抬腕可以听到体内淙淙的流水声。

　　冯老师在一旁谈笑风生。先生倚在床上，又有亲友陆续过来。冯老师悄声跟我们说："一早闹着要穿西装呢，不肯穿棉袄，我跟他说，你要穿棉袄，才有病人的样子，我才想起要呵护你。西装等病好了，买新的。买名牌。车子嫌小了，换辆大的。以后你的任务呀，就是做血透，活得好好的，穿得漂漂亮亮的，帅帅气气地出现在人面前。"

　　好生心疼。多年夫妻，冯老师扮演的不只是妻子的角色，更多的是长姐的身份。一路哄着宠着，让他幸福快乐地病着且对前路充满憧憬。"公公婆婆不理解，认为我开心快乐的，缺心少肺，总该伤心哭泣。"

　　哪里了。冯老师不亏铁娘子，遇事总有自己独到的处理方式。她这样的情绪，才会让先生为之一振，才会相信，大难来临，自有冯老师柔弱却刚强的肩担着，冯老师积极乐观的态度，会给先生无穷的力量，治疗才会事半功倍。

看过一篇文章。男人参加一个旅游团，半途出事。二十多人，仅几人生还。男人情形相当严重。电话打到几千里的家中，女人听到消息，当场晕倒。单位人怕女人有三长两短，一行几人陪同女人赶往医院。一路，大家沉默相对，心情异常沉痛。女人在半路要求下车。她在路边洗了把脸，梳理着长发。对着后视镜，仔细地化了淡妆，抹了口红，再回到车上时，容光焕发起来。一车的人，先是愕然，继而撇嘴，更多的人依然沉默。

踏进医院，虽然来的路上，对情况百般猜测，但那样一个缠满绷带的血肉模糊的肉块，出现在大家面前时，还是大大吓了一跳。女人也是。只是片刻的惊慌之后，女人蹲在男人身边，喜极而泣："谢谢！谢谢！谢谢老天！帮我们捡回一条命！多好呀，这个样子还能活下来，真的太幸运了！"

瞬间阳光万丈。

刚才还是一片凄风苦雨的病房，一下子赶走乌云见青天。男人已经不能开口说话，却在瞬间流下眼泪，死死拉着妻子的手。

这个世上，多数的日子波澜不惊，可是不能杜绝病痛与磨难的出现。夫妻本是同林鸟，大难来临各自飞。那是常态。但还有更多的人，是坚守。冯老师选择的便是坚守。那么保全自己，是第一要素。他病了，你就要站成一棵树。树先倒了，他还怎么攀缘着往下活？

那个九十岁的老太太也是。老爷子病了，住在医院里。老太太每天都来陪他。在医院却只待两个小时，其他时间都交给保姆。护士开始不明白，觉得她该衣不解带，不离左右才是。老太太却懂。她也是九旬的老人了，如果一直陪在身边，莫说照料老爷子，只怕几天时间自己也会迅速倒下。老太太是英明的，老爷子走完自己的一生时，最后在医院的时光七年四个月零六天，这漫长而幸福的时光，是老太太的睿智给予的。

"我们的晚年目标要调整了。儿子就留在身边，毕竟好照顾他爸爸。原先打算好，退休后两人四处出游的，也不现实了。"冯老师送别我们时，在说。

最近电脑里放的是《荷塘月色》，很难形容初听它时的感动，低低的音线，深情温婉的歌词。"游过了四季荷花依然香，等你宛在水中央。"夫妻到了五十的年纪，人生的四季都已经历过，遇上大病大难，还能不离不弃，这原本便是一种芬芳，一种透彻心肺的清香。"我像只鱼儿在你的荷塘，只为和你守候那皎白月光"说得多好。婚姻中的男和女，一个是鱼，一个是塘。相携相守，守候那皎白月光，到天老，到地荒。

卷舒开合任天真

小时候，竟是很怕她们的。

同村的学忠大妈，被唤成疯子。很狂躁的那种，拿起刀可以杀自己婆婆的。婆婆下葬，她拿了耙子去扒土。她的小叔子，是我们的老师，一个文弱的书生，为了自己的母亲，忍无可忍，追着疯子一路打杀过去。

怕。走路绕着她走。可是她喜欢我妈。半夜来我家，爸爸不在家。妈妈带着我们姐妹。寒冷的冬天，她脚一踹，门就下来了。然后在我们的床上又哭又唱又说，前合后仰。我妈站在床下，抖索成一团，边听边劝解。终于可以走了，大妈突然变了一个人，无比安宁无比温柔："连芳，你是好人，只有你不怕我。你要带好两个孩子。"我妈点头，送走她。我们在被子里哆嗦成一团。

去奶奶家，要路过正广爷爷家西山。正广爷爷老婆就是个疯子。我和姐姐蹑手蹑脚走过去，一把被疯婆婆抓住。那份惊惧，无可形容。叫得地动山摇，奶奶听到了，就会飞身出来，救出我们。奶奶如果听不到，我们就会绝望得大哭起来，被她拎得起身，两只腿在空中蹬个不停。

这些都是怕。童年深处，积聚起来深深的怕。

等到稍长些，就没有那么害怕了。毕竟她们不伤人。我上到中专时，可以到学忠大妈家小住几日，因为她喜欢我妈，我妈就命令我过去陪她。正广家疯婆婆已经过世了，睡在那里时，我们也去看的，无限歉疚，为着自己曾有过的歇斯底里的叫声。她躺在那里，于人，再没有威胁。

以为这一页就此翻过，没想到，后来竟又遇上一个。那时家在农场，爸爸在路边建了一幢小楼，倒是方便了很多路人，过来歇脚是常事。然后就有一个疯女人，我们睡在楼上，她把楼下门锁弄了下来，睡到了我家沙发上。还不够，大开着灯，试穿我们姐妹的各式衣服。我们从楼上下来，吓得没命地尖叫，引得妈妈爸爸跟了下来。爸爸客气地把女人请到外面去，妈妈狠狠地瞪着爸爸："这么冷，你让她去哪里？"妈妈把沙发重新铺了一下，招呼女人睡下。

第二天，妈妈烧得滚开的水，替女人洗头洗澡，把她头上的虱子药死。一个上午，女人很乖，听凭妈妈摆布。妈妈柔声问她："你是哪里人？送你回家？家里人会着急的。"女人笑，不知道回答。妈妈把她放在自行车后座上，一路往东骑。路上的人，都认得呢："是圩洋的。往东骑就是了。"妈妈骑车喜欢唱歌，妈妈唱，女人也唱，幸福快乐的样子。

送到女人家，哪里像个家？男人裹着条破毯子，看我妈把她女人送回来了，并不感激，苦笑着："家里能被她扔掉的，全扔了。我的衣服也都被她扔了。"果真，女人开始脱自己身上的衣服，我妈才帮她换过的干净衣服，全部扔到了地上。妈妈带来的一条棉被，女人也毫不客气，一抱往门口路上一扔。

后来女人有没有恢复，就不知道了。读冯老师的文，一个寒冬的夜里，她也带回一个疯子回家过夜。昨天看朋友空间，朋友是家乡网站的站长一言，现在去兴化发展。一个叫长根子的女人，因为精神病，被家人锁在猪圈里。一言带桃酥给她吃，动员家人同意把长根子带出猪圈。

一向暴戾的长根子，意外地显得无比乖巧。

精神病和任何一种病一样，爱是医治的良药。整整一天，我的脑子里全是那个叫作长根子的女人。我能理解家人，久病床前无孝子，说得是一种审美疲劳，伺候一个病人，一时半会，或许可以有耐心和同情心，长久下去，会变得麻木甚至厌恶。

推算下来，长根子应该和我们差不多大岁数，甚至更小。卷舒开合任天真，说的是花有各种形态全凭自然。人又何尝不是？但愿有更多的人可以像我妈，像冯老师，像一言，读懂他们的开合卷舒，而不是嫌弃避让唯恐不远。很有冲动，随着一言去看那个长根子。

敝庐瘠田寄凡身

先说两句诗："粉身碎骨浑不怕，只留清白在人间。"对，这首诗的作者于谦，都很熟了。那就由于谦说开去，说到高谷。

想介绍一个书法大家杨凝式。杨凝式打小生在一个官宦之家，自小聪颖出众，人人称道。其父正当两朝天子换代期间，杨凝式说父亲：就您这么东风东倒，西风西倒的，怎么对得起后人？父亲一吓："乖乖，我的儿呀，你说这话要招来灭门之罪的！"杨凝式一吓，遂疯了。疯了之后反倒尝到了疯的好处，自此，再不肯做正常人，躲在疯的外壳下，做自己喜欢的事，书法由此写得流芳百世。后人称风子。举这个例子，还是为了介绍高谷。

此高谷，是一个五朝元老。什么叫五朝？是指历经了永乐、洪熙、宣德、正统、景泰五代皇帝。从杨氏父子身上，可以看出官场险恶，一朝君子一朝臣的。仅仅夹在两朝之间，就会进退维谷身家难保了，高谷可以全身而退，五朝之间游刃有余，足见其并非凡人。

这么说来，高谷便充满了传奇色彩。

先说他的少年时代。这个不用多言，自是自幼聪慧才满一方，且资质厚重，举止端庄。十岁入县学，成庠生，十五岁中举，永乐十三年登进士，年方二十五。选庶吉士，授中书舍人。真正是年轻有为。中书舍人，是个多大的官？这个官位并不显赫，但参与极机密的文件的撰写。正是这样的起点，才会有后来的官到东阁大学士。那又是多大一个官？这事我迷糊，后来换算了一下，竟到宰相的，真正权高位重了。我其实更感兴趣的，一般人两朝都性命不保，高阁老何以可以五朝而连任？其个人魅力绝非常人可比了。果真是。

说他生命中的大事。

高谷前三朝还算太平。到正统之后，就风云变幻了。正统十四年（1449），蒙古瓦剌部犯境，英宗朱祁镇轻信宦官王振，率五十万大军御驾亲征。结果于土木堡一役，全军溃败，王振被杀，皇帝朱祁镇被瓦剌生俘。历史上称为"土木之变"。好，这里会第一次说到于谦。于谦作为和高谷的同时代人，却因一首诗歌，让后人牢记，可见当官不如吟诗。后来于谦吟完小诗又被杀头，又可见，还是官当得大，保险些。高谷能在夹缝中生存，更不简单了。

英宗轻信手下，自己被擒，可是家里的日子总要过的。彼时于谦任兵部尚书，高谷支持于谦抗击外敌，同时拥立英宗的弟弟登基。是为代宗。这其实就是埋下的大大的后患。打不赢，国将不国民不聊生。打赢了，这英宗回来了，一山岂容二虎？

只是顾不得这许多了。国不能一日无主。代宗登基，年号景泰。第二年，于谦击退了瓦剌的侵犯，蒙古瓦剌内部又矛盾重重，瓦剌部酋长屡屡示好，愿意赎放英宗。

这个时候，代宗肯定不愿意英宗回归了。理由不言而明，代宗忧心忡忡，英宗回来，江山怎么办？迟迟没有定论。

这就到最关键的时刻了。高谷坚决主张迎驾。连具体出使蒙古的人选都已经想好。已经可以想见了，高谷把自己架到火上了。但到火上也要走下去。英宗赎还，就要到京城了。代宗不愿张扬，只想草草了事。高谷再次直言不讳，力主礼宜从厚。

当时有个千户，叫龚遂荣，出于忠诚，投书高谷，主张厚礼迎驾。这无疑是吹来杨柳风，丝丝缕缕都入高谷的心肺。高谷遍传此信，教训身边人："一介武夫尚知此理，况公卿乎？"代宗大怒，追查此事。高谷挺身而出，直言上书，举唐肃宗迎上皇的故事，请代宗效行。代宗不会轻易理睬，把英宗奉为太上皇，置于深宫。

官场纷争，自古命悬一线，头拎在手上的。代宗为稳固皇位，迫不及待地废除英宗儿子，立自己儿子为太子。知道高谷的为人，知道他还会仗义执言，直接加封高谷为"太子太傅"。

我曾在一个小单位供职。头儿欲提拔自己的人，又有前朝元老占着位，遂将一办公室，一分为两。元老继续他的闲职，心腹如愿在另一室并驾齐驱。小小单位尚且如此，何况堂堂朝廷？

已经很可以看出高谷的人格魅力了。深明大义不为权势左右。拥立代宗是他的主张，迎驾英宗也是他的主张。而后来的朝廷，像一把花束，轮流在英宗和代宗手上时，高谷无一日不如履薄冰，事实上他却安然无恙，这与他的为人很有关系。

最近读陈抟老祖的诗句："携取旧书归旧隐，野花啼鸟一般春。"翻翻他老人家流传下来的诗，最少一半写睡觉的。这样的人，归隐当不得真的，胸中一股怨气。高谷身处官场，却能闭门即是深山。生生把一个官场，当成了他的归隐地。为中书时，尝奉旨往海印寺抄写佛经，遇雨辄褪靴卷裤，提袍赤足归，使同僚大为惊讶。官任侍读学士时，每赴公宴，总是用布头剪成新花样补缀在破锦袍上，以至有人嘲笑为"高学士锦上添花"，高谷不以为然。位至台阁，也仅"敝庐瘠田而已"。这样的一个人，不是误入尘网里。是自在尘网里，心远地自偏的。这样的一个人，想要捉他错处，是不容易。一堆穿鞋的人中，他就是一光脚的。当然这个比喻并不恰当，只是一个人将自己的荣华享乐抛至脑后了，你还有什么可以诱惑他的？

英宗代宗的纷争并没有停息。

景泰八年，代宗朱祁钰病重不能视事，蓄谋已久的英宗朱祁镇在石亨、曹吉祥等文武大臣的拥戴下，突然夺宫升殿，废黜景泰，改元天顺。此为"夺门之变"。这你就懂了。英宗一旦即位，景泰年间的重臣一个留不得。即便是抛头颅洒热血的于谦，也在格杀之列。真正冤屈。"粉身碎骨浑不怕，只留清白在人间！"只是只是，多少英雄身躯成了权力纷争的炮灰！大学士陈循、王文等或被诛杀或被流放，高谷知道，自己该走人了。

很有意思，如果高谷涎着张脸，继续留任，就该是六朝元老的。以他六旬的年龄，历任六朝，只能让人慨叹世事的无常官场的无常，更无逗留的必要了。

有意思的是，就这样的人，知道的东西太多，想要离开，容易吗？英宗果真有一番语重心长的话留别。

高谷何等智慧的老人？！退隐之后，只字不提景泰天顺年间的朝廷政变。很可惜，告老之后，推算下来，仅活了几年。我常作小诗：近来爱唱老歌，轰轰烈烈活过。但问遍地黄叶，哪片不作柴火？

退隐之后的高谷，并不会畏惧英宗的警告，而是真正到了万事看穿的年岁了，肉体凡身，耽在尘世太久，此时只有高洁的灵魂在苏北的乡野阡陌上空自由舞蹈，纵低檐小室，又何妨？粗茶淡饭，又何妨？布衣芒鞋，又何妨？

高谷的墓就在江苏大丰草堰镇，并不肯去看。不忍看，他的墓前竟至荒凉了，有几处斑驳了，露出了红砖的原色。

马爱狗狗

藏着掖着，我的那份幸福和快乐还是满溢了出来。我的狗狗回来了。多日没见，狗狗并没有忘记，只一秒钟，就朝着我伸出手臂，照例把他放倒，在他的身上亲得咯咯乱笑。

突然，他唤，姑姑妈妈。一怔。眼就湿了，正是三月八日。这个一直捧在手心的宝，虚四岁了。他已经懂得喜欢，懂得爱，懂得回报。有几分秒钟，没有动，他的嘴，慢慢凑了过来，亲在我的脸上，这些都是我教的，爱你，就要表达。他学会很多种表达，贴在你的脸上，亲了又亲，是其中的一种。

花海里穿梭，我领着他，躲开爷爷奶奶的视线，我们两个人去疯，我唆使他，可以点任意想吃的东西。那些甜香软糯，在我眼里是诱惑，他却视而不见，只要了一瓶矿泉水，这个，才是被爷爷奶奶允许的绿色食品。

叹，耳濡目染。

爷爷奶奶倾注下去的心血已经起作用了。去年秋天开始，就领着他找秋天，看满树的柿子，渐渐黄去的树叶，看路边的小草陆续老去。然后便是冬天。一片萧索万物枯寂，还不忘带着他看油菜、麦苗、大蒜，那些冬日的装点，是他小小心灵应该拥有的希望。春天迫不及待地来了。这次是脱去冬衣的疯跑。他被我剥得只剩粉红毛衣，毛衣是奶奶织的，很见功底。现在人都怕花这份心思和时间了。小东西在窄窄的堤岸上奔跑，不时还倒退着走，看得人惊呼连连，指着满湖黑水，这就要浑身上下臭臭了。狗狗哈哈大笑，重新往前奔去。

快乐得直想飞。"春天在那青翠的山林里，看见红的花呀看见绿的草，还有那会唱歌的小黄鹂……"他和我的多数时间，教他唱歌，教他说话。教会他老气横秋地说：人生如茶。

今天教"注意安全"。公园里，一路都有那样的小箱子，箱子外面是一个危险标志，指着那个标志，还有那四个字让他认，他一路飞奔，专找那样的字，那样的小箱子，教会爷爷奶奶读，口齿清晰。

狗狗就要回城里上学了，做他思想工作："狗狗，爸妈带你回家上学，还有留在爷爷奶奶身边，愿意跟谁呀？"狗狗不作思考，指着我："我跟姑姑妈妈你。""去，姑姑妈妈不在选项里面，你重新选。"爷爷哈哈大笑："他会懂选项？"

狗狗不大的时候，妈妈离开了。又有新妈妈接过去来爱他。纵是如此，姑姑对他，还是多了很多额外的疼爱，无比宠溺中多出很多柔情，希望自己可以填补他的所缺。常会啃他，在他的脖子里乱拱，惹得他咯咯乱笑，一直叫他"MY 狗狗。"忽一日，他问："姑姑，什么是马爱？"还没来得及回答，他指着路边的车一一辨认：吉普车、中巴车、面包车、私家车。一把抱起他，在他的脸上啃着："马爱，我的。你是我的！"指着他，再指着我。这次他会了，指着我，再指着他："马爱姑姑。"

对头。狗狗没有白养。

几丝贴己似正午艳阳

这阵子，长在老家了。通向公公婆婆旧屋的小路上，电线就在头顶上。最近来往的人多了。白天或者夜间，探视老人家的。突然怕了起来。为那根头顶上电线，读书的人，容易联想丰富。我就记着雷雨里的片断，那根掉在地上的电线，成了悲剧的根源。想着找人弄，爷爷奶奶年纪太大了，央别人央不动，我们又不熟悉那些人。

朋友出主意，让凤儿解决。跟凤儿不熟，仅仅见过几次，普通话交流，是那种隔岸观火的客气与疏离。谁知凤儿当事了，当即两个电话打来，了解基本情况，旋即用他们系统内部的联系方式，帮我找到了责任师傅。

那个师傅还真赶到了。只是他空手来的，也没有好的办法。临时找根小棒，把电线支高了点。正逢周末，尽管我很火，也只是耐心等待。

我习惯晚睡晚起，周一大早，凤儿QQ信息就来了，她已经联系好他们的所长，晨会上已经布置好了。说好我会赶回老家，因为客服请假，没回得成。一路电话遥控着，那批人马下午才到位。凤儿怕我着急，怕我家人多事杂会投诉，解释现在施工的和供电的，都分开了。一上午在协调找空杆子呢。哈哈大笑。一直到周二上午才完美解决。

拨打供电系统的感谢电话，表扬了当地的所长和师傅。只是凤儿的这份用心，我无以回报，在QQ上发鲜花吧，因为还不够熟，四处乱飞着的飞吻没敢发。

回家带老爸去治牙。老爸说，你家婶婶姑姑都说在新闻里看到你了？听说书记看你来了？我说，是啊。老爸乐了：那怎么不通知我们看？这又不是贩毒！下午去看卢姐姐新居。卢姐姐也在说我们店铺上电视的事。卢姐姐说："冯主席拿你当孩子护着。"

我当然明白。冯主席是我小学的音乐老师，后来凭实力去了乡里做团委书记，然后是镇长港区主任，然后妇联主席。文字的原因，和她走近。几十年后，再续师生情，冯老师有着无尽的宝爱。三八妇女节书记要慰问妇女代表，其实有一块就是电商。冯主席立即想到我，又有些为难。因为我们夫妇俩，凡事第一想着的就是推让。果然，冯主席通知我时，我又开始推让了。我是真的不适合在公众场合出现。平时还算神气活现，每有重要场合，铁定怯场。冯老师安慰我：保证不拍照不上电视。然后又叮嘱我穿得漂亮些，店里打扫干净些。我乐，她估计是怕了我的破牛仔裤和补丁帽子。

那天，穿的小白真皮上衣，灰色薄裙，一副良民打扮。老师满意地夸着："今天漂亮，精神！替老师长脸！"

事后老师还专门写了一文。冯老师虽然信手拈来点铁成金出手为章，可是独独为我，就写了三篇文了。码字人更珍惜文字的力量，我和先生虽是书呆子习气，这点好歹还是知道的。卢姐姐一说，脸上更是发烫，替自己的不擅交际脸红，不善周旋抱歉。老师文末还说：不知道她会不会食言，媒体会不会播放，哈哈，我其实挺虚荣的，就让报道来得更猛烈些吧。

上为说笑了。现在沦为手机一族。每天用在手机上的时间，太长。一早刚睁开眼，就开始刷屏。蒋姐姐在为梨花代言人点赞拉票，不是她的女儿，是朋友家的。

想起一件趣事。当年写荷兰花海一文，因为草根名博的原因，卷入一场最美秋色的竞选。其实，我年纪一把，早已看淡这些名利。只是写的家乡小城，倒是愿意得到更多人的认同，于是在QQ上让好友投票。真正是每一个好友都上阵了。竹姐姐说开始都以为闹着玩的，一直作壁上观，后来看我的好友都当真的，立马拉上她庞大的学生队伍，一个晚上，生生把名次赶进前三。彼时，蒋姐姐因为身体不好，去远方治病。就这么走了，还挂念着我的投票。自己不能亲自投，短信要求朋友代投。

很多时候，就是这样。爱屋，才会及乌。梨花代言人投票未必真正有效，可是蒋姐姐为朋友做事两肋插刀，我喜欢古道热肠的姐姐，又怎么会袖手旁观？顺手发到女作家群里，发动大家投票，很少那么煽情，狠狠点了一通火，火力怎么样再说，态度先要好。

看龙应台的《一分明白，如月光泻地》。大爱她的貌似聊天式的絮语，却能读出点点滴滴的温暖和满溢的深情。凑上这一篇，几丝贴己似正午艳阳，踮起脚来，和文一篇，聊表胸中那份挚爱，对龙师，对我身边的香花儿们。

终离席

我相信，每个写作者的生命中，总有一种存在，会激发他的文字，汩汩不绝。

比如，先生家的老父亲。那个在我二十二岁时才移植进我生命中的男人，后来成了我文字里的主角，我的文字，是深植在他掌心的月季，每隔一段时间便会粲然而放。而沉寂的冬日之后，会有轮回，生生不息，只等年年二月风。

终于，羸弱得不能再下地；终于，不肯再进食；终于，不再忍住他的疼痛；终于，可以自私地放纵地大声呻吟；我也终于，可以停下自己忙碌的脚步，守在他的床前，寸步不离。

看水。每日三瓶。医生来家里，帮着挂上。其间换瓶，最后下针，都得自己干。我不在的时候，是婆婆干。

他并不能很自然地接受我的照顾。一个尿壶，从床头接进被窝，过很久，重新传出被窝，大着声音唤："奶奶！奶奶！"婆婆八十二岁，高血压、心脏病、眩晕症、胆囊炎，泥菩萨过江自身还不保，不保也得保着。他病得更重，婆婆便被人人当成了强劳力，她需要自保还要能照顾好父亲。我接过尿壶，直接倒了出去。学医生的样，观察颜色，回来倒了白开水，强制他喝下去。

他着急。直着嗓子叫：不渴！不喝！

耳聋多年了，根本无法交流，指着尿壶，又强行把吸管放到他嘴边，头直甩："不喝！喝了总要小便。"再劝不进半滴。已经成习惯了，因为怕麻烦别人，宁可少喝水，直到不喝水。

情形特别不好。水挂到一半，胳膊又肿了。婆婆一直在埋怨，说他乱动。可是他今天的胳膊，分明被我放在被外，根本没有动弹。打电话给医生，按医生吩咐，拔下针头，插进瓶里，等着医生再次来过。

我在他的床前，站成了困兽。我不知道，我还可以为他做些什么。

兄妹一多，家事就如麻。人多原本力量大，到了儿女层面，就成了八只天鹅拉车，各人使力的方向不同了。也怕交流，这个世上，只有话才是越说越多，可是为他，我可以两肋插满刀。

几经争取，兄姐们陆续聚到了老人身边。很难用文字描述那样的无力。挂水也只是心理安慰了，不过，新添的小小哮喘已经得到控制，只是他的疼痛，非但我们无力，医生也查不出病因。父亲长叹：这么多儿女，都没有一个救得了他。

只为这一句，我就肝肠寸断。这么多年，一路带他看病，我独自一人都带过很多趟，不算上哥哥姐姐带去的，可是没有一趟可以查出他的病因的。与耳聋有关，与不识字有关，与不常生活在一起有关，最终这么多有关，使得他的病一拖再拖直至束手无策。大姐家两口子先来的。姐姐来摩他的趾头。两个哥哥陆续到了。大哥身高体壮，足有一米八五，实在想象不出，如此虎背熊腰的男人，居然来自病榻上这个瘦弱得只剩下一把的父亲。二哥要瘦小些，但也足够魁梧。父亲开始叫得很大声，后来侧过身转向床里，声音明显小了很多，但听着更难受，憋屈隐忍，更让人难受。两个哥哥在商量，要不要送去住院？

大城市里会有临终关怀，乡村里奢侈了。其实，与老父的临终关怀，不过是多一些陪伴。满堂儿女，亲情要胜过专业的护理。这次难得的齐心合力，敲定七双儿女每家三天，轮流陪护父亲，这么商定下来，也已经晚上十点了。

哥哥姐姐们回家了，我理正父亲，准备他睡了。婆婆也过来了，惊呼着：难怪刚才要开电扇，衣服全湿透了。

可以想象他疼的程度。才是四月天，哪里就热成了那样！

再次喂他服下止疼片。突然，我感觉到了异样。是父亲异于平常的轻松。果真的，我唤婆婆看，父亲神清气爽，没有呻吟，没有低叫，他自己也感觉到了那份松泛，开始嚷着饿了，拿出二嫂买来的云片糕，开始剥了往嘴里放。

我几乎在那一瞬间喜极而泣。回家几日，真怕了他的呻吟，爱莫能助，无能为力却又无法拔腿离去，我以为几日的坚持，换得了他此刻的回转！

我开心坏了。不再急着去睡觉。看着那个慈眉善目的老人，我拉着他的手，贴在自己的面颊上，我唤他：爸爸。可惜他并不能听到。但是他很开心，不知道哪天就消失的笑容回到了他的脸上，他笑嘻嘻举着糕问我，吃不？

我朝着婆婆手舞足蹈："妈，你看爸爸，看他轻松的。"我躺在父亲的被子上，隔着被子，我听到他的心跳，他把云片糕分给我和妈妈，我的泪水潸然而下。我不要我的父亲万寿无疆，我只要他现时的安稳，只要疼痛可以离他远一点再远一点。而他，依然是我初识时，可以给我太多呵护和爱的强者父亲！我赖在他的怀里，嚷着：我要给老爸惯惯。最怕这个男人，最终从我的生命里离席，而我，还可以在他离去之后，留有一点他的体温。婆婆也在抹泪。他们比我长出太多，认识的时候就拿我当孙辈疼着。婆婆又何尝不希望她一生依赖的男人，还可以强壮如年少？！

梦不醒来，最美！

可惜得很，那个美丽的瞬间，稍纵即逝。老父的笑容明显僵滞，手上的云片糕，也弃之一旁。疼痛继续席卷而至，这一次，更加肆虐，慌得我扶起他，不停在后背前胸抹来抹去。可是疼痛有增无减，任何抚慰无济于事。

我和婆婆相视苦笑，又是一个无眠夜了。

我还是忍不住要爱你

婆婆的性格很冷。很多时候，说出的话，噎得我一时不知道怎么答话。

跟先生初识。先生家孩子特别多，这些我从不介意。先生和我相识时，就很优秀。

婚姻从来讲究对等。他长得玉树临风，书法又颇有所成。而我，明显家境颇好，当时算富甲一方。他的优秀，足以抵消那些物质上的不足。

我和先生有过爱情。那种天崩地裂生死相依的爱情。所以尽管有那么多阻挠，我嫁给先生，总算旗鼓相当。

可是婆婆来自最深远的农村，带大七个孩子的经历，让她步步小心。我在屋后看花看草，婆婆在厨房里，轻声慢语教先生：八字还没有一撇，钱要花在刀刃上。可不要两手抓烂泥。

我的火腾地就上来了。我和先生爱得死去活来时，我从来没有让他为我花过钱。至婆婆大人告诫先生手要紧些时，先生才为我买过一瓶霞飞的护肤霜，当时的价位：十元。

想过拔脚而走，想过拂袖而去。可是我还是手插在我的背带裤口袋里，一脸阳光地飞进屋里：阿姨，看我捉的蝴蝶！

我是婆婆世界里打开的另一面。婆婆儿女众多，从没有人跟她撒娇过。我赖在她身边，逼她看我的蝴蝶。蝴蝶真多呀，好捉，趴在那里。捉来的蝴蝶并不逃走，停在我背带裤的木扣上。婆婆乐了，才六十，牙就大半没了。

后来，生了儿子。婆婆过来帮着带。才是月子。婆婆顾不得做饭伺候我这个月婆子，成天就看着我，一会儿要求我包上头巾，一会儿看我下地梳洗，惊得眼珠都掉了。先生忙着操办满月酒，整整一天，婆婆大人呆坐在我的床头，我本人却滴水未进。我没得吃也罢了，月子里的儿子可不答应了，哭得声嘶力竭。我妈忙了半天，才想起问我宝宝怎么哭成那样了，我也大哭起来："婆婆根本没有弄给我吃！"后来宝宝五个月时，婆婆又来过一次，白天可以帮着照看宝宝，晚上简直成了拖累。那时我们住的都是宿舍那种类型的房子，一家挨着一家。姐姐在前面门市做衣服，我让婆婆去叫姐姐过来吃饭，不过几步路的样子，婆婆答："我不去！我晚上从不走夜路！"我就有些气噎。我对婆婆，有如再生女儿的，就算我的要求比较过分，我的婆婆大人也需要婉转一点不是？再说了，校园里灯火通明，一家挨着一家，出个门又能怎么着？她一个老太太人家是劫财还是劫色？

很多年来，我宝贝着婆婆和公公，拿他们当老宝宝。公公耳聋了，无法交流，更多的是教婆婆。是真教。很多时候，人情练达处世圆融不是天生，靠后天修为。

有很长一段时间，我们几乎血浓于水，婆婆和我的感情，甚至超过她们母女。直到这次，公公的离世，我再一次不客气地向婆婆开炮。

婆婆家几个子女多少都有些嫌她，所以走得都不很近。公公病入膏肓，卧床三个月不起，极少有人探视。我这人又见不得苦难，去一次眼泪飞一次，飞一次就要断然陪在乡下一次。直到一个月前，我怕我再不尽孝，就会来不及了。我召集全了哥哥姐姐们。哥哥好说。因为乡俗里养儿防老，儿子养老子，天经地义。姐姐们就费周折了。老父亲腿断十六年，几度入院治疗，为轮流陪侍，早已烟雾尘天。从前我和先生都是捧的公家碗，身不由己，现在我们脱身自由人，我只消跟先生请假，就可以有大把大把时间陪老人家了，至于经济损失，肯定会有，但相对老父亲，太不重要了。

饶是我们都有共识，这次的陪护也许只是父亲的最后一次，还是人心不齐，要么不来，来了也只是点卯，纵然没有点卯也只是身在曹营心在汉。老人家要真是个老糊涂也罢，偏生明白得很，每次我看到他强忍的呻吟，和话到嘴边的无奈，我都会泪湿眼眶。我喜欢坐在他的床头，一边看书，一边拿各种小吃的，放自己嘴里，也放他嘴里。尿壶就放在老父手边。那是老人家最开心的时刻，二哥买来的云片糕，是他最中意的食品，舍不得大块大块地吃，一小片一小片撕开，放一块自己嘴里，放一块我嘴里。

我特别懂我的父亲。他是个重情重义的人。躺倒在床上，即便是他的女婿来了，他也当成最可心的上宾，一个劲地递烟，后来自己递不动了，会瞪眼骂我："拿烟啊，没有眼力见识！"我知道，他喜欢热闹，喜欢儿女双全地聚在他的三间小屋里，可是我没有这个能力聚全我家的哥哥姐姐们。我只能自己在他的床前装呆，跳来跳去，没心没肺。

七双儿女中，只有我离得最远。我为方便采购，开的是电动车回家的。三天轮流时间到了，我要提前一点离开。换班的人还没接上，大嫂不放心我一人在路上，早早催我动身。我嘱婆婆："妈，你先顶一会儿，我电车慢，到家要一会儿的。"婆婆火烫了一般："不能不能，我门口还晒了很多衣服！"

无比神伤。婆婆一直多么疼我哟。可是她就是算不过来，我和她的几件旧衣服孰轻孰重。这也罢了。老父亲终于撒手人寰，最后的一夜，我坐在老人面前，肝肠寸断，我去扶婆婆过来："妈，我带你去陪陪爸，天不亮，我们就送他走了……"我泣不成声。婆婆正打着呼，断然回我："不去！"我颓然转身。

我归结于受的教育不够。要说婆婆自私，绝对没有天理。六十四年的婚姻，不离不弃。她一字不识，带大了七个儿女，物资匮乏的年代，她带大的孩子个个身高体胖。父亲跌断老腿，她拉扯伺候十六年。父亲喜欢吃零食，家里儿女带回来的吃食，婆婆从不尝一粒，只给老父亲一人喝，省得过期了，不再能喝了，还是不肯尝一滴。

她的孩子们流淌着她的血液，万事看穿凡事看淡，都说女儿是父母的贴身小棉袄，我笑说，我们家的是钢盔，是防弹衣，是滑雪衫，靠不得身近不得前。我始终相信教化。我的婆婆，纵然她有着我历数的这么多不足，她依然是我最深最真的爱，我依然会腻在她的怀里，腻着要她抱，在她那张老脸上冷不防地亲上一口。

活到老，学到老。就算九十岁，依然要学会，毫无保留地爱家人，毫无愧色地接受家人的爱。而我的这些姐姐们，就算我措辞再严厉，爱她们的心，永远不会变。我是一个医生，捅开这个脓包，放掉这些瘀血，为的是医治，而不是杀戮。

故园

突然意识到，婆婆就是一个需要照顾的人了。

八十二岁，诸病缠身，原本公公需要她照顾着，她不敢病不敢老，公公一走，她成了那个抽走主心干的草把人。

劝她吃饭，她一个人坐在灶下，烧好了早饭，盛给我。命令她自己也吃，她眼圈红了，声音哽咽："这么多年了，习惯把他喂饱了，自己也就不饿了……"只怕，我们这一辈人，再难有这样的担当，只记得有他，忘了还有自己。

婚后一个月，我们就忙不迭地撤离了这个家。觉得破旧，学校里房子不大，但比这里新多了。再说，我们有自己的事做，哪里会有时间跑来跑去？

记不得是辆什么车来运的家具衣物，只记得婆婆跟在车后追："要常回家呀。"那颗逃离的心，唯恐不远，连回头看一下渐渐变小的婆婆，都觉得多余。婆婆被远远甩在车后，公公拄拐站在门前的身影，小到消失不见。

这会儿，却热切地开始装扮这个家。想要大肆装修一下，反对者众，最激烈的算婆婆：不弄不弄！太阳到哪里了？就这样，去年修的房，都嫌多余，你爸都没住几天……

又勾婆婆眼泪了。不弄就不弄。不弄也不能任由这么下去。

我卷起衣袖，开始搬树枝。每年春天，村里的风杨树都会修剪枝条。去年婆婆在村头看到，喜欢得紧，又是一年炊草了。公公很久不能起身了，婆婆一人无法搬动，回家拿来小布条，树枝被捆成一小把一小把的。堆得很高了，邻居打招呼："奶奶在忙呀？"婆婆赶紧央人家："嗯，树枝不得回家，伢呀，你能不能帮我弄回家？"邻居二话不讲，拖来推车，树枝堆到了场边。婆婆家的门口，一直是泥土，坑坑洼洼沟沟坎坎，无法再往前走了，婆婆慌得叫人家就停在场边，她一个人一捆一捆地堆到了门口。

正对大门。去年一年，我们来来去去，为修房，带公公看病，回家探视老人，来去匆匆，责怪婆婆放得不是地方，没想过要帮着挪个地方。现在，公公撒手而去，我才意识到，再等不到那个男人，可以威武地把这些柴火运到屋后了。

我的真丝衬衣，勾到树枝的哪一边都有可能割破。我一边拎树枝，一边恨恨地数落婆婆："这衬衣要是钩破了，够你买几堆柴火的！"久不干活，汗水往下直流。婆婆习惯我的没大没小，并不搭理我，只顾抢收她的菜籽。

太阳太火，再干下去会中暑的。门前终于有了点眉目。我开始转战室内。我从家里运来一批花草玩具床单被子一类的。先从东房间开始。公公的床，没舍得拆去，照他在世的模样，洗净的被服重新铺了上去。重点是他们的那一堆吃食。

婆婆不识字，并不认识保质期，又不懂哪些能放，哪些必须立即吃掉，只知道省给公公吃，公公最后的时段已经不能吃了，婆婆也不肯自己吃，只在说："他好起来能吃的，他就喜欢这些零食。"先拖出床下的，再清理出几个柜子里的。香蕉黑得化成了水，我一边大刀阔斧地往外扔，一边替她分类。

不能吃的，统统扔得远远的，怕她再捡回来，直接扔到后面河里。保质期短的，放在她眼皮底下，可以放时间长些的，放在一个小木箱里。然后拿着个锤子，把她几扇要掉未掉的柜门，拍拍紧。

又是一番摧枯拉朽，东房间基本能入眼了。婆婆的床上，也一律换上了干净的被服，我在上面小躺了一会儿，觉得挺满意的，才又起身忙了起来。

一个超大的布娃娃，是我二十五岁生日时，先生送我的礼物。几次搬家，都没舍得扔掉，这次带回家陪婆婆了。我把它放在红木箱子上，正了正它的小黄帽："好好陪奶奶啊。"往它头上一拍，还有笑声。再一拍，又有哭声。婆婆笑了："看你，没事佾。"

转着身子看了看这个故园，房子低矮，风雨飘摇，这会儿因了整理，多出几份古旧朴质，这段时间，我因为常常回家，对它变得特别依恋，我愿意用自己的双手，替它装扮点滴，这是因为有婆婆还在，如果有一天，她也离开我们了，这个地方，还会有人来吗？

新衣柜

从网上订购了简易衣柜、鞋柜。公公不在了，照顾婆婆，是我们应该想得到的事情。头七那天，我扎扎实实地发了通火，后来想想，毫无道理。我可以修行自己，让自己做得更好，我有什么权利去要求其他人也如我一般，可以视婆婆为老宝？

二七的时候，我换了个人，客气周到。确实，这是婆婆还在，有一天，婆婆也不在了，这个大家，就不在了。兄弟姐妹们就是亲戚了。烧过七，我和先生并不急着回家，也没有留在哥哥家，我们回老屋，陪婆婆。姐姐姐夫们，跟了过来。

包裹到了。说是简易，比我想象的复杂多了。两个姐夫在，正好安排他们做事。加上先生，三个男人围着衣柜，团团转。网上的东西，方便运输，衣柜由无数根小圆木和一堆花布组成。大姐夫看了会图纸，放弃了，三姐夫巧气些，早年做过修理，耐着性子一根一根摆布。还是太复杂，大家之前又没见过，几次方案都告失败，二姐家儿子来了，到底年轻，他之前自己也才买过一个，他的加入，加快了衣柜组装进程。好潮的衣柜，我选用的布面，是棕色小熊的，可爱又耐脏，姐姐们新奇极了，婆婆又在感叹："要是你爸在世看到了，不知道有多开心！"大姐夫忙接话：那就再买个烧给他。

还是晚了。公公比婆婆要喜欢置家私。只是年迈之后，不再有这个经济能力，也不再有这个精力，在他辞世的最后几天，我还推着他去村头的店铺，跟人家预订了一个电动轮椅，他跟人家说："要是好起来了，就来买。"

我去考驾照，公公当年从小海镇，一副担子，就把家迁来了这个沿海小村。一走就是六十年。前几十年还能回老家看看，那里埋葬着他的父母和他的青春，再后来就寸步难行，再也没回过老家。我想着，用我的车，带着他，再回家看一眼。我在他的床头看理论书，我把书上的车子给他看，我把方向盘给他看，他听不到，又看不懂了，只在应我："嗯，不丑。不丑。"还是没有赶得上，他走的时候，我理论考试还没被排上。

庆幸有这个衣柜。那个晚上，姐姐们都很晚才离开。家人相处，需要契机的。这个衣柜，是个道具，适时牵引出姐姐姐夫们的柔情，而婆婆，也倍觉幸福，她的老宅，已经很久没有这么人丁兴旺了。

整整一个上午，我把公公的衣服全部清理出来。把婆婆的衣服，分春夏秋冬四季摆放进衣柜。

至此，婆婆门前月季芍药分两边，屋里衣柜鞋柜一应全，屋后破水缸旁吊兰盎然，我转身朝老太太，咬牙切齿："你不活个十年八载的，对不起我这番忙碌！"

一盏清茶伴夕阳

一

我们赶到老家，老父亲显得特别神清气爽。我和先生对视，并不像很危急的样子，哪里就需要我们赶回？

先生在家最小，父亲并不找他说话，唤大嫂，唤二哥，这都是他觉得可以主事的人。我日夜蹦跶在他床前的，竟成了最可忽视的一人。"去请扶送。要拿香烟给人家吃。我的衣服也要穿好。凤子要帮着收拾清洗。"

扶送，是指人死之后，专门帮着穿衣打发料理后事的人。凤子，是说我们家二嫂。二哥觉得好笑，就他这么神眉竖眼的，请人家扶送来人家不犯法？欺老父亲耳聋，二哥连连点头：请了请了！老父亲笑："请了几个？要去扯白布，开始发孝把信。"把信，是指要去亲友门上发丧，告诉别人，我们家老父亲去世了。二哥朝着大嫂望："他这么活鲜活跳的，真扯白布？"大嫂也犹豫。大嫂说："要不，先备着吧，就他这个岁数，也能准备后事了。"大哥上班，大嫂成了代表。一行人开往小镇。东西买得很全：孝布，一匹。替他送行的黑伞，一把。为他照亮天堂路的灯笼，一盏。红纸、黄布口袋、云片大糕，西行路上一切吃用盘缠俱全。我拎到他的床边，一一清点给他看，包括他的寿衣，早早备下的，数给他看，五件上衣三件下衣，还有数年前由二姐夫从北京带回来的手绢一条。西行路上得握着它，不懂是什么讲究。老父亲强撑着半个身子，一一查看，满足地平躺下。看他劳神太多，慌得喂他茶汤，他怒目圆睁："我还吃啊！都这个时候了，我还吃啊！"喔，这个时候，他应该是静止躺着，不再进食，面前大鱼大肉供着，苹果葡萄供着，香烟老酒供着，而我们应该双膝跪地披麻戴孝。

可是他明明还有呼吸还有心跳还在说话呀！

一屋子兄弟姐妹轻松快乐，老头子一生木讷少言，这会儿还挺喜感，颇像春晚的彩排。老头子生得努力向上一丝不苟，死也要万事齐备，尤其不要亏待了送他的人。

父亲长得少有的清秀帅气，在村里很不多见。家境却极差。母亲嫁来时，才十八岁。那样的两个人，并不懂得相处。母亲从小死了爹娘，哥哥拉扯他们底下的弟妹。母亲嫁了，家里两个小弟弟哭得眼都睁不开。她哥哥说："你要时常回家，回家看看他们，他们就不会这么伤心了。"母亲回得娘家，两个弟弟就会把她藏起来，拉着她不许回家。父亲步行几十里，连夜要带回他的老婆。父亲家实在太穷，弟兄五个两人打着光棍，父亲还被同门叔祖领养。父亲年轻再不懂体恤，母亲再回家时，就再三不肯回去了。二舅妈是母亲的嫂子，特别心疼母亲，娘家没过一天好日子，嫁这样的人，又十足遭罪。二舅妈悄悄托人，寻得一门好亲，母亲再回娘家时，二舅妈就说好了，送母亲改嫁过去，好活过命来。

男人是个残疾军人，战事蹉跎，个人大事就耽搁了。说定了，回得故乡来，寻个女人还带到部队去。听得母亲愿意嫁来，男方那边万事俱备，只等接人。

父亲不知从哪儿听到风声，又是星夜赶到。这次没有发脾气，只是执拗得很，不说一句软话，只把母亲往家强拉。

一段姻缘倒是因为父亲，保了下来。后来母亲生下七个儿女。我嫁的，便是他们的幺儿。

二

见不得我自己的爸妈。一辈子吵架。好好去外婆家，妈妈穿戴一新，爸爸皮鞋锃亮，两人合着一辆新车，快乐飞行。次日清晨，必是妈妈抹着眼泪，单身一人骑着车到家。不需要问爸爸行踪，妈妈就会开骂："死在牌桌上不要回家了！出家无家翻脸无情的家伙！"连珠炮弹，终于明白，女人发火时才华不输莫言的。

先生家父亲母亲恩爱得多。先生在我家生病，我妈慌了，通知他们二老，这么大的儿子，我妈负担不起。老父亲和母亲在家急得团团转。第一次上我家门，总得准备礼物的。知道我们家境比他们好，家里女儿们拜年的礼物，他们觉得拿不出手，慌得把那些东西，拿到小店去兑换，人家哪有那么好说话，一时又拿不出钱来重新置办，老两口转悠了半天才搞定礼物。老父亲骑着辆老爷车，载着体重一百七十斤的老母亲，摇摇晃晃地赶到我家，我爸妈惊呆了，这样自身难保的两个老人，我爸妈怎么把先生交还给他们？当下打发他们回头，我们一家四口带着先生去城里挂急诊。

那是先生最幸福的时光，也正是那次，才让我下定决心要嫁给他。不为其他，只为那两个摇摇晃晃的身影。双双而来，双双而去。那是我艳羡一生的，我不慕荣华，不贪富贵，要的只是人生风雨几十年，可以有人相偕而来携手而归。

能感觉到老父亲那我的那份宠爱，只是他们那个时代的人，一生不爱表达，而且他自认为自己是枯草一蓬再无生机了，即便是爱，要钱钱没有要物物没有，他还可以怎么表达？索性，保持沉默。我则活跃得多。我是所有哥哥姐姐之外的异类。我拿着个相机，朝着两个老宝："站齐了，帮你们合照。"老母亲拄着拐，老母亲豁着牙，两人站一块。"不行不行，得靠近些。"我挥手把他们合并。老母亲往父亲那里贴了贴。"咔擦！"照片里的两个人安详平和，身后三月麦苗一望无际青翠欲滴。我促狭地眨眨眼："还要再靠近些，亲亲老妈。"老父亲耳聋，听不到我说啥，老母亲像被火烧了一般，面色通红，逃离了麦田。我在他们身后哈哈大笑。后来老父亲放在灵前的，却是生命最后我们帮他突击而拍的，满脸痛苦、凄惶不堪。

三

那组照片，被我传给了杂志社，配着煽情的文字：拄着拐的，是我的老公公。边上站着的，是我的婆婆。两个老人，一生只拍过两次照，一次是集体身份证。一次是这会儿。身后，是他们一生没有走出去的村庄。我们老来，也要这么恩爱哦！

父亲一生走得最远的，是挑河。那是他最年富力强的时光。父亲最后时刻，被我推到村里理发。沈师傅帮着把他从轮椅上，扶到理发椅上，感叹着："哎，他们这一代的人，吃足了苦头。当年挑河啊，现在的青年人哪个撑得下来？"

别人都有米饭团带去。父亲儿女多，并不舍得吃粮食，母亲用麻菜煮烂，捣成泥搓成团，父亲揣着几个麻菜团，一天时光就下来了。"在洪泽湖那里，一去就是五个月，这中间很少回家的。"沈师傅小老父九岁，也已经是七十八岁的老人了。一直以为挑河，挑的就是村里的河。"挑河治水呢，工程大呢！哪里是村里的小河！"沈师傅语气里不无豪迈，我的老父亲，闭目在理发椅上，面容消瘦、须发全白、精神萎靡、元气全无。岁月的大手捋光了他的枝枝叶叶，如今只留一段老根秃秃光光，只待又一声令下，我的老父亲就会脚踩祥云身伴仙鹤离我们远行。

四

那声令，一直没下。老父亲是那个单腿跪地的选手，跪在那条起点上，发号的阎王爷，枪早早举着，迟迟不见落下，我们心存侥幸，老父亲却变得积极起来，要求搬到长子家。我成了那个泪点最低的人。他的任何一个举动，都预示着向出发靠近了一步，在他，是从容奔赴，在我，却是肝肠寸断。二十年的相处，我们不是父女早胜父女。老父亲在那个夜晚，突然变得宁静，脸上没有纠成一团，嘴里也没有哼个不停。按着硬邦邦的腹部，告诉我："疼啊，疼得没命。"我的泪滚滚而下，爱莫能助。父亲接着咂了下嘴："还有这里。"浑身是痛了。我蹲在他的床前，一声不吭，唯有泪千行。父亲催我："你上床去睡呀，不得好了。"另一张床上，三姐睡了，打着微微的呼。我继续蹲着，用手抚过老父亲的手，他的，没有一丝丝热气了，只有筋和皮，一双手，显得瘦长，长得有些可怖。我并不怕，握着他的手，生怕他就此走了，我再也拽不住。"你去睡呀。"他咂了咂嘴。病弱得似孩童，眉头开始紧锁，牙关开始咬紧，我知道疼痛开始来袭。我的手搭在床边，头埋在他的面前，深深饮泣。我隐隐听到枪响，父亲就要抬起身子，脚一蹬，他就会朝着另一个世界飞奔。父亲拿过我的手，隔着近五十年光阴的两只手，一只硕大布满褶皱，一只小巧尚还水灵。他用被角裹着我的手，安放在枕畔，像是呵护初生的婴儿，这是我和他最近的亲昵。我从小是自己的爸爸带大，跟爸爸特别亲，爬在爸爸身上，对着爸爸的脖子狠狠地啃一口。爸爸老来，还会在他做菜时冷不防地偷袭一口。跟父亲之间却客气得近乎生分。老父亲一生务农，他们的爱，从来深埋，永不表达。

我开始哭出了声音。而夜，还很漫长。

我最清楚，老父亲的大限到了。

五

微风。细雨。千古园。

苍苍松柏。带露月季。

缭绕烟雾。漫天纸灰。

母亲暴瘦二十七斤。孤独踟蹰蹒跚踉跄的老身影。

我们送父亲来此安居。老母亲抚盒悲鸣：我的伤心的，我的要紧的，你这一走我去哪里找？

闻者泪下。六七的夜晚，老母亲彻夜不眠，她说，父亲站在望乡台上朝家望呢。我的四个姑姐，扶着桥桩，先生家弟兄三人扶着老父的灵位，和尚在念：喝过孟婆汤走过奈何桥一路到西方。姑姐齐念：父亲你莫怕莫朝脚下望脚下滔天巨浪……

父亲住的地方，飞檐钢瓦。廊下两根汉白玉柱，门前两盆鲜花，随风摇曳。

我在纸上写：

老父驾鹤走，

千里万里路。

农月无闲人，

倾家事南亩。

父亲离开正是麦收时节，之后的之后，玉米播下，几天的样子，葳
蕤乌青。再隔几天，叶绿须红，再等些时日，又可以收获了。

那片月季，却是月月绽放姹紫嫣红芬芳遍野。

报世界以欢歌

　　严歌苓在一本书上说，人过到老，是逐渐往回收的。视力、听力、体力诸多能力，一样一样被老天收走，真至收走最后的呼吸和心跳。

　　三号床，是个爷爷。脑萎缩。躺在床上，看不见听不见说不起来动不起来，脚一直哆嗦着，两只手上起了累累水泡。体温居高不下。唯一有生命迹象的，就是可以吃。一日三餐。

　　那个姐姐在喂饭。三号爷爷的嘴，一张一合。就他这么纹丝不动地躺着，真奇怪，他吃的东西都哪儿去了？姐姐说，我爸爸就是脑坏了，肚里没病。我笑。就差说了，就这么不说不动不笑不乐不悲不喜地，活着有什么意思？姐姐明显懂我的意思，端来温水，打了手巾把子，在老爷子脸上，擦着："爸爸，揩面。我们揩面了！"海门人，海门话。很有趣，哄宝宝一般。手巾在她爸爸脸上擦来擦去，到鼻子部分，用力捏了两下。姐姐脸上灿如夏花："我爸洗脸时，最喜欢下劲捏鼻子了。"姐姐又朝着我："每次给他洗好脸，他就开心成什么样子。脸上笑嘻嘻的。"果真，爷爷面色红润容光焕发笑意很深。

爷爷家的二儿子办企业，常在晚上过来。他会谈心。先喊："爸爸，爸爸！"然后把老爷子脸揉成一团。老爷子喉咙里咕噜噜，含混不清地说着："吃夜饭啦？"然后儿子把老爷子扳过去，在背后上上下下通通一顿拍打，老爷子脸笑成一朵花，嘴张成一个大洞。

我乐得从床上弹坐起来，三号爷爷，在我眼里，原先就是多了一口气。如果没有这口气，就作古了。可是在他们家人眼里，分明就是他们有血有肉有喜有乐的最亲的爸爸。

四个儿女，最大的六十，最小的也已五十三了。可是他们特别黏老爸。老爷子无知无觉了，大小便都无法自理的。尿片和导尿的都是自制的，每天擦洗翻身。爷爷两只手无意识地乱挥舞，给他用白纱布做了手套。老年痴呆七年，脑萎缩卧床不起也已经两年了。人人都劝慰，就这样的日子，就算走了，也是一种解脱，解放家人解放他自己。但他们就是咬紧牙关，不言放弃。先是摔断腿，齐根折断，股骨球坏死。医生已经研究好手术方案了，儿子说：不要！我们要他活着。哪怕有一口气，我们还有爸爸！

后来又是白内障，彻底失去了视力。长期躺着，背后生了褥疮，天天守着涂自制的土药，一次一次地把他从鬼门关拉回。

平时都是在家里，家人自己陪护。这次是因为体温居高不下，手上起了很多水泡。住了十多天了，体温正常了，水泡却无法收水。戴着个手套也不安分，会自己扯下，扯下就连皮也撕下来了，红肉晒晒的，看着心疼。

我婆婆抹眼泪，她想公公了，只要公公有口气，哪怕也要她这么伺候着，她也是愿意的。我开始明白了爷爷存在的意义。于他自己，晚结束不如早结束，这份罪受得太足了，可是于老伴，意义重大。老伴天天来医院，也是八十三岁的人了。帮爷爷清洗涂药，掰着爷爷的耳朵查看。耳朵那里也起了水泡。坐床边喂他牛奶喂他饭菜。再没事的时候，就握着爷爷的手，坐在一边，默默流泪。爷爷则紧闭双眼，鼾声如雷。

医院的夜晚，燥热而漫长。我躺在一边看书，抬眼一看，三号爷爷扯去了身上的衣服，整个人袒露着。我忙叫醒他儿子。儿子开始做思想工作："爸爸，要盖的，不能扯掉。感冒了更麻烦。爸爸，我们来喝点水？喝水好。喝水吃茶饭，就带爸爸回家。"

爷爷家儿子五十七岁。叱咤风云的企业主，这一刻却柔成一汪泉。先用小勺挑起热水，在唇上碰了碰，然后试探性地磕开爷爷的嘴，爷爷嘴刚张开，噗一声，吐了出来。儿子用他脖子上围着的面巾，替爷爷擦了擦，并不放弃，继续挑了一勺，重复刚才的动作，做着爷爷的思想工作："爸爸爸爸，好了带你回去。嘴张开，来一勺。"父子俩僵持了好一会儿。老爷子更像是调皮，嘴张开，进去了，直接又吐出来。儿子继续又哄又骗，往里又加了糖。这下同意了。嘴张得大大的，一口口吞咽着。小半杯水很快见底，老爷子又调皮了，往外吐。儿子胜利收兵："爸爸，再来一下，还有点点。喝完就好了。"再次张嘴，咕噜噜喝了下去。我再无睡意，悄悄掏出手机，拍下这爷儿俩。

一早醒来，直奔练车场。报名半年了，因为怕上车，一拖再拖。可是，这会儿全身是劲。世界以痛吻我，我报以欢歌。三号爷爷这种境地了，全家还一直不肯松劲，这个世上，还有迈不去的槛吗？

只恨太匆匆

师范同学群，朱兴江弹出一句消息：张敏过世，周知。

紧接着这句的上一条，就是头一天张敏本人发的消息，超长，连个标点符号都没有："亲爱的同学们，请帮我的学生投票方法是公众号青春环测投票区学生会验证找到婷婷头像下面打钩再验证一下即可谢谢大家。"消息的当时，我正在外面，点开来会意一笑，这个呆家伙，还老师呢，连个标点也没有。本想着回家帮她投一下票的，事情一扯，就忘了。

当时群里一个人都没有接话。现在朱兴江弹出这句话，我有些恼火，张敏平时大大咧咧，活泼开朗，就算投票现在大家都看淡了，可以一笑了之，哪能开这种玩笑。我不客气地回复："你什么意思？"童言才无忌，我们都人到中年了，越来越多的珍惜也引发越来越多的忌讳，即便是开玩笑，我都觉得不应该说人家过世了，班长接了一句："是真的，请同学们悼念！"

玩笑大了。

我的手机开始抓不住了，我开始翻通讯录，我发现，我一个号码都找不到，我甚至不知道我该找谁。我是那个突然掉进窟窿的孩子，周遭一片黑暗，我不知道哪里才有光亮。我拨通红的电话，我语无伦次，红有些生气："你哪个呀，说这些东西？"

她连我的声音也听不出来了。红的儿子和张敏的儿子，都在盐中上学，两个孩子形影不离，高考刚完，她们两个考妈才分手几天，前天才通过电话，这个时候我告诉她，张敏过世了，红怎么会相信？

当年我们初中毕业，考了师范。师范很多人不愿意上的，东台师范又正值扩建，把我们这批人放在县教师进修校。进去的第一件事，就是报名，安排宿舍。心底那个失落呀，我只小小一个转身，就把校园逛下来了。宿舍是平房，门口铺着碎砖，正值雨后，轻轻一踩，泥浆就进了一身。五十七个孩子，都是我们大丰土生土长的娃，张敏却是个异类，满嘴普通话，白白胖胖的，最喜欢她阳光开朗的性格了，唤她呆子。

她来自涟水，因为读书，来到我们的小城。这让我们凄苦的心，多少有了丝安慰，咱们在为飞不远跳不高懊恼呢，人家呆张敏几百里到我们这儿求学的。

呆张敏和我们差不多大，明显成熟多了。学校虽小，五脏俱全，没几天工夫，呆张敏居然混到了学校广播室。她一路普通话，进广播室原本也是应该的事，只是我们一路玩乐还没够呢，她却懂为自己争取机会，就特别崇拜她，觉得她很有主见。有主见的张敏，在我们当中，俨然一个大姐大。

后来我生病转学去了盐城，和其他人渐渐走远，和张敏倒没有。张敏喜欢看《十六岁的花季》陪我一起早饭，捧着书，说里面的情节，突然叹着："会写情书多好呀！"朝她看："什么情书？"张敏幽幽地："你呀！"

这个家伙，以为她风风火火，以为她诸事不在意，她是在吃醋呢。休学之后的我，突然成了断线的风筝，一下子那么渴望四面温暖，每日收信写信成了生活中的乐事，八分钱一张邮票，买上一打，天女散花般地写信，和同桌月华约定，为了锻炼彼此的写作水平，一周一封雷打不动。班上任何一个同学来信，来者不拒一律回复，呆张敏不呆，没有得到明显优越的对待，她不醋才怪！

记不得后来有没有跟她通信了。只记得我每周都会回来。新同学融不进，新学校不留恋。现在的学校大得无边，宿舍就住在四楼，里面床单帐子都是统一的，就连牙刷朝向都高度统一，相对进修校真是高大上了，可是我爱不起来，我离开了反而更加留恋我的老巢了。回来了就和张敏她们腻在一起，两个人从来没有好好说过话，见面就是掐，我和她性格太接近，有时惹得她生气了，直接捧起那张胖脸啃一通，就雨过天晴了。

呆人有呆福，毕业后的她，和班上帅哥陈爱军成了家，有了儿子，幸福开了花。他们是班上唯一成功的情侣。每有相聚，也习惯她的安排，她的照顾。我们想过无数次老了的情形，想着我们相见时，是不是还是会牙一咬，一拳过去，然后疯疯叫一声呆张敏？却从没想过，我的张敏，如午夜落花，遽然坠地，再无声息。

匆匆招呼着出门等其他的同学，夜已很深，老公追出来，放了杯糖水在包里，担心我情绪过激，低血糖会犯。红是儿子陪来的，她老公叮嘱儿子要看好妈妈。突然间，我们就到了脆弱的中年。十三个女生中，华的父亲意外而死，自己婚姻一路磕碰。颖的老公中年猝死，香和芳相继患病，珠离了再结，几番周折，再多的苦和痛，慢慢化解的也只有自己，真正的冷暖自知风雨一肩挑。张敏突发心肌梗死，抢救无效，这会儿躺在地上，有人在帮着穿衣，一张脸紫得发黑，面目全非无可辨认，可以想象她离开的时候有多挣扎和痛苦。

只是这一切她都不知道了。十九岁的儿子高且壮，跪下来很不适应，丧母的痛，他还没能感觉到。从前他都在父母的羽翼下无忧成长的，这会儿人生的剧痛就向他袭来，他还没来得及反应。爱军罩在无边的哀伤之中。同学朋友点头致意。平时都太忙，我们竟以这样的方式相聚。如此深夜，只可惜我们中最热情最好客最喜欢相聚的那位，再没有肯坐起来招呼我们半句。

回家的时候，一个群又在闪烁，一个文友在晒自己发表的作品，赶紧上去祝贺了一下，另一个群友奇怪：你认识我们泗阳的人？答：不认识。只是同一个群很不易，相识便是缘。

我是怕再次失去，再次后悔。这句我咽下去了，没有说。天上的张敏知道，没有记得回复她那条消息，我有多后悔。

一早，空间里贴出两句话：

　　不悔梦归处，

　　只恨太匆匆。

祭奠风华正茂的张敏，祭奠我们逝去的青春年华。

我的暖一寸长

爷爷要抱小墨回家，小墨放声大哭。得逞了，爷爷丢下他，由着他随姑姑。

固定节目，先看龟龟。

龟龟微恙，眼睛发炎，顶着两只白眼泡。他喂食，拿着遥控器用力敲龟龟后背。我吓得过来阻止，它会被敲坏的。小墨跪在凳子上呼，龟龟好玩呢，它是一种漂亮的鱼。

我在忙着剥蚕豆。龟龟是一种鱼？不知道墨是根据什么来得出结论的。

他开始翻箱倒柜。打开冰箱，跟姑爸爸要求吃冰棍。

先生带大儿子之后，就很少碰孩子了。因为带孩子，实在不是件轻松事。但墨，让人很难拒绝。常常在先生写字的当儿，头从胳膊下方钻到先生胸前，爬上他的膝盖，安坐在先生腿上："姑爸爸，你书法呀？"老气横秋。先生乐了，握着他的手，开始教毛笔教蘸墨。墨胡乱画了一气，满足地滑到地板上，继续玩自己的了。

这会儿又有要求："把冰箱打开，我要吃棒冰了。"先生倒抽一口气："这个天还没有能吃。"他有些不甘心，来磨我。我笑，皮球踢走："你去求姑爸爸。"我把"求"咬得很重，三岁的小人儿，并不懂求是个多么严重的字眼儿，爽气地朝着先生脆着声唤："我求你！"姑爸爸哈哈大笑："你什么时候脸上流汗了，就什么时候可以吃了。"他倒不纠缠，开心地问我："现在不能吃？"我解释着："现在才是初夏，要到盛夏时，就可以了。"

这显然是个全新的词汇，墨嘟瑟地念叨："初夏、盛夏。"

没有买菜，只简单的两样，怕他营养不够，临时煎蛋两只，他饭也不吃了，只吃蛋，爷爷奶奶已经成功地把他喂成了肉食动物。每次无肉不欢但凡吃肉，还跟我要求："要吃肥肉。"

用筷子夹蛋，他看出兴味来了，拿双筷子也学。我摆好姿势，要求他模仿，一只手夹不稳，两只手齐上。架开他的另一只手，反复示范，只许用右手。很快学会，只是抓得太前，手快碰到筷头了，重新来，要求往后抓抓。这下不灵了，一直抓到最后方。

带孩子的乐趣，就在于，他在你的眼皮底下，一点点长大。很多不会的动作，可以一一学会。两个蛋要下肚时，学抓筷子已经差不远了。

带大一个孩子，是件多么不容易的事。他的成长，需要万丈阳光，我一直自觉填补着妈妈的空缺，拉先生当临时爸爸，只是他在我们这里得到的暖，最多一寸长。"叫我！""姑姑。""再叫！""妈妈！姑姑妈妈！"我和墨同时仰天大笑。

我给他的一寸，他已经还我一丈了。

第二辑　理还乱　＊　有暗香盈袖

抽屉里的人生

还是招了吧，鲜花其实是要来的。

因为做淘宝，和申通合作良久。和老板娘并没有交集，都是业务员联系着。某一日，小城卖土特产的清音，说说里替申通广告呢，说李老大鲜花礼仪速递情人节开张。在下面捂嘴偷乐：让你们家李老大先送束给瑛姐。

李老大我们都称他舅老爷。这几年，申通熟客老客基本都由着他打点。长得颇有几分孔猛，黑且粗壮，加之性格豪爽，看不出年纪，某一日他开口唤我瑛姐，就觉得好笑，那么一大男人，差点以为他是爷爷辈的。

清音反应挺快，@呼吸，瑛姐让你送花呢。那边呼吸快乐地应着：没问题。

情人节我多忙呀。替老公买裤子。他老人家，完美主义，我买了一条裤子加一件羊毛衫，他觉得羊毛衫不合他口味，让换成裤子。老婆很乖，去换了裤子。两条裤子齐崭崭地挂家里，忽然人家又觉得太大了。裤腰那里多出一块，让老婆去换小一码的。好吧。来去穿梭三趟，终于搞定。我再不好意思进人家店铺了。忽电话进："瑛姐，在哪儿，送鲜花给你。"是舅老爷替呼吸送花来了。

感叹着：这年头，不管情人还是亲人，都不如商家贴心。虽然我们店铺做得不够大，但品牌意识挺强，发快递还就认准申通了。老板娘常年幕后，却人情练达，时常在节日会想起我们这些客户。这束鲜花意料之中，还是挺开心的。

接到手，果真好看。一路上呆笑。想着送给我的丁丁和清，只有一束又不好瓜分，一路又喜又怯地决定带给先生。

皆大欢喜。忙着上线谢过呼吸。五六年的相处，却因着一束鲜花陡然走近。不忙骂我势利小人。我虽小商小贩，倒不至于被一束鲜花买通。是因为呼吸。

快递里大佬，除了顺丰，就是申通了。跟申通合作很久了，知道他们的规模很大，管理很严，发展迅速，想象里老板娘就是个铁娘子，一个钱多人多前途多多的人。没想到人家回复我：姐姐，请叫我呼吸。

好吧。网友评我：永远的性情中人。那是真正的知音。

称呼里最没有免疫力的就是丫头。再有便是姐姐。

可以教会大家一个绝招。但凡骨子里有些文艺气质的，年长一些的，喜欢唤人丫头。年少一些的，喜欢唤人姐姐。绝无例外。一定是姐姐。这样的叠词，少一个人家都会觉得不亲呢。

表扬自己一下。第六感觉绝对准确。翻开呼吸的空间，被惊艳到了。如此文艺的一个小女人。人家还是那么成功的一个铁娘子。

真正叹服。一个晚上，都在感叹唏嘘，老公让我淡定，他就知道我，遇事爱夸张。可是真正被她惊到了。从前听说她常读我文章，今天才相信了，会有这回事。我跟先生投降：我不如她。从现在起，再不说自己写文章出道的了。

一下子就惺惺相惜起来。突然就刮目相看了起来。往后合作的路，相信会因为这一段，更加畅达。和鲜花无关，只为懂得。

然后就说到抽屉了。

我在空间里卖纸笔，卖作品。很多时候，片言只语贴出，然后不再多说。客人便会一问再问，而我则答：请点进页面，对它多一些了解。

很多客人觉得受了怠慢。

其实，书法的事，如果你对纸和笔，这些工具，一点不肯花力气了解，全想着我嚼着喂进嘴里，书法不只是写字，对笔墨纸砚的分辨了解熟识掌握这些全在基本功之列。你先期一点不肯了解，这一课，迟早要补上的。然后有客人买字帖，拿到手直接发火，因为字帖里碑刻残缺不全的地方。我很少答话。等他火过去了，我冲他发火：你要学书法，连这个都懒得了解，还怎么学得下去？就你发的这火，我都替你脸红。这属于基本常识，信誓旦旦要习字，连这个都不懂妄谈什么书法！

这下客人赔礼了。

好。这就是我的抽屉理论的内核。我确实很希望我的货，大卖特卖热卖脱销。但是对不起，如果你对书法是这样的态度，我宁可不卖。

圣诞节，和好友丁丁和清一块逛商场。满目的商品，突然被一家店铺吸引了。店标也相当有趣。和达衣岩有一拼。一个女孩，喜欢读书，喜欢养花养草，喜欢旅游，喜欢突发奇想，喜欢涂鸦。于是，便把自己的想法，涂下来，做成服装。

赖在那个店，再不挪步。一件一件地试过。

今天又在淘宝上晃荡。一个小女人，卖棉麻布艺。棉质的小碎花做成的四件套，上面还缝一排盘扣。描述里有一句话："床品可真费料子呀，呵呵，不说了。真心舍不得我的花花。"沉浸在那几行字，不能自拔。店主该有多珍惜自己的这个手工作品，而她又希望能遇上懂她、懂它的人。

再逛这种原创的手工店，多半会有提示：店主自留款。原来，最好的都被藏在抽屉里了。最好的，都等着留给懂你的人。

围巾清库，半卖半送。货架不够展示，排到地面，一一横陈。有一款，却被藏在白布口袋里。深藏不露。漂亮小妖艾美进店就点将：那个狐狸毛的在哪里？哈哈大笑，方才取出。

就这样挺好。看我一路东扯西扯逶迤拖沓，想说的无非是，这个世上，不只是卖东西，抽屉是一种生活方式。

某一日清晨，一个朋友，闯进我的空间，几乎读遍了我空间的每一首小诗每一篇日志。然后买走了四幅作品。这样的作品，就寻对了去处。而我，更愿意花很多时间，写一些貌似和书法八竿子打不到一处去的文字。也更愿意，因为呼吸和自己那么相像，突然向人家伸出橄榄枝，巴巴地在下面留言：呼吸，姐姐好喜欢你。

就怕认了真

我在打顺丰的投诉电话。那把火，隔着屏幕都要烧焦他们："很急用！你们必须在下午五点前派送到位！否则投诉到你们公司倒闭！"

我的好脾气都是假象。这会儿就能看出来了，灭火器是灭不了的。司机朝我看了一眼，做了个停止的动作，轻声提醒："挑能解决问题的方法说。"

有多急？没有多急。可是替我的客人急。参加书法比赛，通知得比较急，急急地买纸，以至于脱销，我们从厂方顺丰紧急调货，江浙沪原来都是次日上午到件，现在顺丰发展过快，规模跟不上了，从前的隔日上午，变成了第三日上午。而普通快递居然还比他们早半日。

莫大讽刺。我降下怒火，开始不停拨打投诉电话，他们说，车子五点一刻左右到盐城，派到我们小城，最少也要傍晚六点了。开始变得理智又冷静。拨打当地顺丰电话，他们七点发车。我们还有一小时时间。但平时我们五点半就全部收兵了。因为要留有时间给快递公司收件扫描。那我们唯一可以做到的，就是直接等在我们小城网点，现场拆下来货，再把客人的，转发出去。

我开始布置，拆包打包工具，客人所拍其他物品，先行准备好，直接去网点包装重发出去。再次拨通投诉电话，改变我的要求："五点一刻到达盐城之后，必须在六点送到我们小城，我们在网点板等，现场转发出去。""这个能办到！到时，我们会一路电话联系你，并且派专车送达。"

我没有吓唬他们。一个下午，我一样事都没做，守着电话，每隔半小时，投诉一次。同时在顺丰网站在线投诉。以至我刚一输入我的单号，那边就投降了："您好，您这个件，我们已经高度重视了，今天一定会妥善处理。"

五点半的时候，座机就响了，紧接着通知我们，专车发过来了，已经到达我们网点。我和八姐一起过去包装转发。五十本作品纸迅速转往每一个急要它的客人手里。

一本才十二元，对营业额影响不大，我本没有必要动这么大的肝火。但我发顺丰，就是图它快。江浙只要半天时间的，被拖延成了一天半。而我承诺客人的，就是当天发出，顺丰可以敷衍我，我可以通知我的客人申请退款或者换其他款式的作品纸，但我不能。我来做这个淘宝，我并没有三头六臂，也没有过人之处，靠的就是我的认真顶真计较。店铺小花们几乎是折服了。这在她们几乎不可能的事情，她们已经放弃认命的时候，被我计较成功了。

我赶到顺丰公司时，那么多人看着我笑："今天疯了！一个大车子就只送了你这一个件！"

要的要的。谁都不会随随便便成功。跟刚才的火星人判若两人，我又可以笑容可掬满面春风了，老公笑："这个声音正常了，能听了。"

切。那就好。世上的人，都如我一样顶真，我们的客人，网购时还愁自己被骗吗？晚上，新闻里播放市委书记来我这儿视察工作时的视频，呵呵，跑马溜溜的山上，我在这儿。我策马扬鞭奔跑在我爱的路上。都在讨论成功的议题，其实，只怕你，认了真。

营销策略

今天开会。能有什么事呢？

说一件事。店铺常会有人来人往，有些是我的朋友家人。大家正常各忙各的，我来招呼便成了。可是我隐隐感觉有些变味。

开店之初，我是客服发货打包一人连轴转的。后来人手不够了，招来琦琦。琦琦来时才十九岁。刚出校门的孩子，真是百般宝爱。说宝爱也不太像，只是我真当自己的孩子来疼的，她也足够乖巧。虽是孩子，为人处世，特别圆融，颇合我意。店里各式人等，琦琦全能招呼下来。因为她小，后来陆续招进来的客服、发货的，她一律唤成姐姐。店铺里，除了可以唤成姐姐的，都是丹丹华子这样的昵称，很少直呼其名，很多时候，差点忘记他们的姓。

那店铺来人，无关他们的人，是不是爱招呼就招呼，不爱就眼皮不搭呢？

我觉得这里很有讲究。

先说新招来的一个客服。小丫头从申通公司来的。当时在 QQ 上联系，我再三不肯。申通是我们的合作单位，我这么做有挖人墙脚之嫌。客服我稍加培训，可以胜任的人，是有一批的。可是一周后，小丫头已经辞职在家一周了，再次联系我。我犹豫着答应试用。

没几天，申通老大过来送面单结一个月的账单，小丫头看到了，满脸欢欣，叫李老大舅舅。几乎在第一时间，我就认定，这孩子能用。因为她离开一家公司，不是满腹抱怨而是如此礼貌周全，与申通人格魅力有关，重要的是，这孩子有教养。

小丫头根本就不知道，就这么一个细节，就让她拥有了这份工作。

再说我的外婆。今天整理萧娴的资料，突然好想我的外婆。外婆和萧娴很相像，比她还多些福相，可能是胖些的缘故。从小我们就是外婆带大的。我七岁的时候，小姨家的弟弟出生了。从弟弟出生的那天起，我就是姐姐了。外婆叫我，全是姐姐。以至这么多年，不只是我家弟弟张口便是姐姐，我家小姨，小姨爸爸，但凡打电话给我，开口便唤我，姐姐。

我说的这个，和我的店铺工作没有任何关系，和我们的员工们每天发多少个包裹没有一毛钱关系，和我店铺的营业额，表面上看，也没有关系。但是从整个一生，长远来看，关系很大。

每一个人管理或者经营自己手头的事，方法不一。在我，打的就是亲情牌。我做客服的时候，不是一个板着面孔只会打字的聊天工具，我会看着旺旺名，就能猜出她的昵称，我会在第一时间，让客人产生一种无比的信任感，一来二去，我的客人，还会把自己的烦心事掏给我。我几乎是横插进淘宝的，我不知道，这是不是一点点成功心得？

很多时候，人都习惯盯着眼前三厘米的距离看，总觉得做好我的本职工作就成了，你有没有想过，人生，会有很多附加分，我举的这个例子，就是附加分。没有，不会出人命，有了，会为你舞出火把一样的炫丽来。而附加分的形式，千千万万种，这才是其中的最小的一分子。

店里小唐，湘妹子。跨入职场比较早，来我们小城也比较早，很能干，来我们这里之前，很多人就认识她，都叫她小唐。来店里了，比她们都要年长。被唤成小唐姐姐。她的老公，正常接送她，于是被姐夫姐夫地唤着。姐夫很帅气，一根粗大的金链，显得小小霸气。我乐，跟着唤姐夫，姐夫今年三十有二。

又要挨批了。这些跟营销策略，哪跟哪呀。很大关系。找工作、升职、成家、生子、开网店、做生意、写博客、当明星、做演员、写诗、写文章，哪一步不想着要做得更好一点？要好一点，就存在营销。处世圆融人情练达，这些只有父母才会教导，我的孩子们，我的文字阅读者们，经我提示，如果拥有我教的这课，就会常赢。

无广告不生活

前段时间，蛰居在村里，常在村里的路上走着。很有意思，一段音乐流出，是凤凰传奇的《荷塘月色》，并没人在意你听得是否兴起，戛然而止，然后就是一个男声，或者女声，操着方言："喂，村民朋友们注意了，刘进门市大量收购二水早。请听到的相互转告一下。下面再播送一遍……"一模一样的内容，两遍说好，果断下线。效果很好，人人竖起耳朵听，一时手机声四起，真在相互转告了。

广告，我太熟悉了。我们自己很少看广告，去爸爸家，老爸的电视一天十六小时轰炸。里面的广告，那叫一个铺天盖地、天花乱坠。百无聊赖的老爸，听得很认真，很多次用笔记下里面的电话号码，要我帮着购买广告的物品。

我能理解，那种手段，快速的语气，不容置疑的诱惑，时不我待的紧迫再加上色香味的极力渲染，强势入侵，植入式地强迫视听。这种广告，老爸会上当，无聊的宅爸宅妈都会上当。

这两天游在城隍庙。一个乐器店，一个老者，在里面吹笛，悠远闲适，游人进进出出，老者甚至不看。我上次在周庄听到的编钟，这里有卖呢。我在柜台前依次走过去，连从前的重音口琴都有售。如果我要买乐器，一定会首选这里，因为老者的笛声，就是最好的广告。

卖茶的，是公认的广告做得最厉害的一个行业。可是效果如何呢？田子坊是我挺爱的去处。刚踏进一个小店，还没辨出是卖什么的呢，女子已经迎了上来，女子轻巧袅娜有如仙子，店里仙乐飘飘，乐声很是清浅若有若无地，女子递与入店的人，一人一小杯花茶，极小的一次性纸杯，茶的香，也很清浅，极合乐声，忙不迭地谢过，端在手上，移步下一家，茶很快喝完，香味却留在唇齿之间，小小纸杯，并没舍得立即扔掉，握在手心，不停转动着。这也是广告。是一种可以玩味很久的广告。

另一家广告笔的，就更有意思了。这是一家来自外国的笔，投放中国市场。每一年，他们都花很大的力气来宣传他们的产品，让我们的国人了解他们接受他们认可他们。我好奇地问："笔什么时候上市？"对方心平气和地："还没有。明年可以上市。现在才是宣传发动阶段。我们用五年时间完成这项工作。"

我静默。我们做培训时，二十天时间，我需要教会孩子横竖撇捺上中下，最少半本字帖。我们有很多先进的理念，比如，花半个月时间，让我们的孩子什么也不用做，只跟着我们后面看，不让他动笔，让他看老师写，看学长们写，看各种视频录像，让他们发现书法的奥妙，但我们始终不肯教他写，直到有一天，孩子拉着我们的衣角，求知若渴央我们教他，我们才开始点画开始。可是现在人都很忙，很多培训广告语直接是："中宫格写字五天""九天一手好字""一个月速成"。

到反思的时候了。人家也是广告，可是人家舍得花那么久的时间，做足功课，我在那里流连了很久，东西确实很精致很实用，如果他们的产品投放市场，我会第一个追随。

去店铺的路上，常有卡车停着，不同的季节，卖不同的东西。冬天甘蔗苹果夏天西瓜香瓜，旁边放着个喇叭，男人的声音，沙哑得厉害："海丰农场西瓜，包打包开甜甜甜！"听得揪心，我笑着说："不能请个人录段好听的声音？比如我？"先生乐了："你是猪。这个人的声音，心力交瘁，听得人微酸，生活不易生意不易热天卖瓜更不易，大家就都停下来买了。要是换了你的声音，真是说得比唱得好听，谁还会起怜悯之心？"

这确实有学问了。春上，去梨花村玩，走到一路口，有人在练车。人不多，教练站在路上，学员优哉游哉自己在开。一直不得闲学车的我们，二话不说，居然掏钱路口报了名。报好名才知道自己中广告的毒有多深，驾校位置居然在乡镇，这里是他们招生的一个窗口。

朋友圈里正热闹，那些手串，放在各种器具上各个角度拍摄的，是广告文玩的。那些四十五度角或者六十二度自拍照，那是广告自己驻颜有术或者自拍手艺的或者表扬爹妈基因好的，那些各种转发的，是广告自己没有被时代甩出海际，玩自己微信玩得还算溜的，那些警告再不转就要被删了，是广告自己眼明手疾还没有老年痴呆的，晒十字绣书法作品国画作品，那是广告自己琴棋书画诗酒茶无一不通的。当然更赤裸裸的，就是看看你的脸有多脏，然后一张像画皮里揭下来的面膜，就在一旁，买不买你自己看。减肥的，左边减前照，右边减后照，前后对比，买不买药你自己看着办。

傍晚，租我们房子的那家证券公司，要我们房产复印件，申办公司要用的。赶着送去，末了，那人说：开张时到时还请你们一起过来捧场。

嘿，嘿，明晃晃地广告呀。

最不重要的最后出场

约好狗狗一起散步。爷爷奶奶早早吃好出来了。我们吃得晚，又从后面兜了好大一个圈，才到了公园门口。可是我直觉不对头。我没有看到狗狗雀跃欢呼早早扑过来的身影。姑爸爸说，他们肯定等得不耐烦，先回家了。我还是觉得不对劲。电话爷爷，爷爷说，狗狗跌下来了，先去医院了。

我腿一软。不久前，狗狗额头上刚摔下来缝了几针，这会儿又说跌下来了，可是爷爷匆匆挂断，我再要拨进去，爷爷不接了。

姑爸爸不再犹豫，直接拦了辆车，拖着我一同赶往医院。凭经验，他们一定去人民医院了。因为上次半夜就是去的那里。我们赶到时，狗狗已经被简单包扎过了，伤在后脑勺，创口不太大，不过，因为是头部，血流了不少。狗狗和奶奶身上都有。狗狗一下子就赖进了我的怀里。开始商量要不要缝一下。缝一下长得会更快，坏处是很疼，狗狗不一定肯配合。我们抱着狗狗，上上下下几番奔波，取了最细小的缝针，各种交费完成了，把狗狗放倒在手术台。

真正心疼啊。小东西明明有经验了，知道会很疼。可是我一直在跟他讲道理："如果不缝，伤口很难长，宝宝只要坚持一下，就好了。会有一点点疼，但姑姑会抱着你，陪着你。我们选的最小的针头。你要坚强。"

狗狗很乖很配合。趴在那里，头不敢抬，姑爸爸扶着两只脚，爷爷奶奶背过身去，他们前不久刚经历过那种揪心的痛苦，很怕再次面对。狗狗并不敢放声哭，抽泣着，医生开始缝合。一针下去，狗狗哇大哭起来，嘴巴张大，后脑勺消毒的药水流进了嘴里，我很紧张，怕他歇斯底里地甩头或者剧烈挣扎，医生根本没办法操作的。如果这时死死按紧，他会恐惧得越加反抗，我索性松掉双手，在他后背轻轻拍："狗狗真勇敢，医生已经缝了一针，再有一针就好了。宝宝不能动，动了针头进去了更麻烦了。"狗狗果真不动，一边大叫却不再随便动弹。

很快就搞定了。重新抱起来时，狗狗变成了一个小花脸，脸上泪水药水分不清了。

每个人生命中，都会有重要与不重要的人。我事后很庆幸当时的当机立断，才没有错过狗狗的最困难时光。不过，即使我算赶得及时，爷爷奶奶也总还是第一时间在场的。他们才是狗狗生命中最最重要的角色。

说不清楚的五味杂陈。狗狗的妈妈是几周后才知道了。伤口已经结痂了。狗狗要回城上学了，我抱着他，沿着围墙走了一圈又一圈。我试图和他交流一种很重要的东西。但他太幼小，我不知道我说话他能不能懂。

我也是偶然，才撞进他的生命，在他生命中扮演了一段次重要的角色。所谓重要，就是你开心快乐幸福的时候，那个可以和第一时间分享的人。你疼痛悲伤流泪哭泣的时候，那个可以一把抱过你，恨不能替代你的人。他生命中来来去去，会有很多人。最不重要的，总是最后出场。这个规律，颇让一些觉得应该是很亲近的人失落。然而，这是最不可否认的事实。

想起，当年姐夫被人家撞下来，姐姐跟着救护车第一时间送他去医院。我们赶去时，已经紧急处理过了。姐夫自己的父亲，过来看望时，早已是风平浪静后的第三天了。而他的父亲，在姐夫生命之初，无疑对于姐夫最重要。等姐姐和姐夫婚姻二十年了，他的老父，早已退居到次重要的角色了。

如此算来，每个人的一生，各个时段，都会有相对自己，最最重要的角色。儿时是父母，长时是爱人。老来是子女。所谓顺风顺水的人生，就是在这些时段，对于你，最最重要的角色，在你需要的时刻，都恰好在身旁。所谓不幸的人生，就是在这些时段，对于你，最最重要的角色，恰恰错位，在你乐不可支，在你痛不欲生，在你欲哭无泪，在你彷徨无助，在你欣喜若狂的时刻，那个本该伴你左右的人，却杳无音讯，再等一切平息之时，他才姗姗来迟。微信上有句话很到位：如果在我很需要的时刻，你迟到了，那么，就不必到了。

狗狗被爸爸接回身边上学，我很感念他这样的安排。往后的日子，姑姑在狗狗生命中，会退居到可以忽略不计的角色，但他终是幸福的。在他需要的时刻，他生命中最该第一时间出现的人，总会如期而至。

而我们每一个人都可以思考自己所处的时段，如果你是最最重要的角色，就不要最后一个出场。而那个你生命中最最重要的人，如果出场晚了，也可以直接扔掉。

永远热泪盈眶

"姐，我快疯了。"QQ上小安留言。

"我看到他的短信了，对别的女人肉麻死了。已经不止一次了。"

不动声色。这类故事听多了，自然会有免疫力。"要么扔了，要么认了。"我的至理名言。

那边发来一个大哭的表情。"我想扔了，可是自己分明割舍不下。我爱他，是真的爱，豁出性命地爱。我爱他身边的一草一木爱他身边飞的每一只小虫哪怕是苍蝇，爱出现在他身边的每一个人，家人、亲人、朋友……"

我倒抽一口冷气。这是真爱了。这个男人何德何能，可以得到小安如此之深地挚爱！

"我想认了。可是我一闭眼，就是短信上的字在闪烁。姐姐，我一直以为那么亲昵的话，只为我准备。他也一直说爱我，他解释那就是逗乐。可是我怎么分辨，他在唤我宝贝时，不是逗乐？我怎么分辨，哪句是真哪句是假？我怎么分辨，他的哪一刻是真哪一刻是假？"

复杂了。又一团剪不断理还乱的麻。

"砖家"从来都可怕，可以说出快刀斩乱麻的建议，那是因为事情没有发生到他头上。我很能理解小安。"那咱们可以怎么做？"小安扑哧乐了，估计年纪再小一点，鼻子下方会冒一排泡泡："还能怎么样？他不停地求我原谅，他只要把我一抱在怀里，我就融化了，再也吵不起来了。"

哈哈。那你还找姐姐说话？姐姐能怎么教你？教你慧剑斩情丝，教你一脚踢飞，教你他有一就会有二、有二就会有三、有三就会还有下次？

小安也乐了："可是姐姐，我愿意相信他。因为人的净化过程，和水一样，需要循序渐进。如果我一脚踢飞他，他最终也会改过来，不过改造的人，由我变成了其他女人。"

突然就非常感动了起来。很多时候，大家都以为屡教不改，其实忽略了改的难度会特别大。一个男人骨子里的不安分，几乎是天生的。要想改变他，不会一蹴而就，不会如书上所言，浪子回头掉头就转。我常写文教化人的，倒是小安感染了我。

永远热泪盈眶。常保持一颗感动的心。心中自保一片绿荫，不要随意为他人所伤。一室春蚕，只开一扇窗，一早过来，你会看到所有的蚕，都游向了光亮处。而人，性格深处，便有这样的趋光性。小安选取原谅，不是懦弱，恰是她的勇敢。她在赌博男人性格深处的光亮，她在期待自己的成功，成功净化自己的男人，用深爱换取深爱。

冬穿白衣夏穿黑

姜琍敏老师明明就坐在台上，坐我一边的朋友还在质疑："不是说雨花主编来的？怎么没来？"话音未落，台上就开始介绍了。

乐。姜老师儿时一定特迷西游记。最惯常的一个动作，就是手搭前额，挠个不停。他的话，比较能听得进去。他的一个观点，便是写文需要有一些自己的思考，自己的东西。切忌那种下意识的写作，不是心有所动，刷刷刷图自己写个快乐。得有不同的东西。

觉得比较像穿衣。我的衣服，通常冬天都是一袭白衣，而夏天，反倒是各式真丝黑衣或者黑裙。比较不合常理。冬天穿白衣，难洗难护理且人显得更加臃肿肥胖，夏天黑色吸热，人看得热又会衬得自己肤色更黑。

可是这有什么要紧？

可以做这样一个统计，你在一个四十个女人上班的单位，一个冬天，穿白色衣服的会有几个？也许会有两到三个。好。那么你轻易就从四十个人里跳了出来。然后再来一轮筛选，可以每天都穿白衣，可以上周白衣下周白衣可以白皮草、白皮衣、白羽绒服、白棉袄、白羊绒大衣轮着上的，会有几人？好。就你一人。恭喜你。你成功地从四十个女人里跳了出来。

这只是举例。有人说，你这叫什么？叫投机，叫哗众取宠，叫以貌取人，叫形式决定内容。不忙扣帽子。我觉得很有一种道理。姜老师说，你写父亲，父亲半夜起来炖了一锅汤，端到你床前喝得你是眼泪稀里哗啦。然后你写文一篇，感动啊感激啊那叫一个呼天抢地。对不起。没人喜欢看。你大可以写你的儿子把你的新皮鞋塞到你家的狗窝里。这件事，倒值得一写。因为你的儿子与别人的家的儿子不同，这就有写头。

就记得自己有一年参加演讲比赛，内容是周总理的事迹。周总理的事迹，但凡要搜集，几担子都有得挑。我抽的是二十八号。不好意思，我并不比别人高明，我也是从最近的一期报纸上原封不动地剪来了一大段。在我之前，我亲耳听到有三个人讲到那个一模一样的内容了。再要轮到我，如果中间不冒出其他人，讲这段内容我就是第四人了。那时年少，无时不想着第一。我就冲着一等奖过去的。那时儿子还没断乳，扔在外婆家哭得泪人一般的，我这么前来不搬个一等奖也对不起我的小娇儿。于是我开始调整自己。轮到我了。主持人开始把一排话筒往下降。台下一阵轻笑。我的个子明显小多了。底下一片嗡嗡声。这种活动算是枯燥的，除了参赛人比较紧张，开小差的比较多。我对着一排话筒深深地鞠了一个躬，大家又是一片轻笑。抬起身来，我就乐了：给大伙儿唱首歌吧。

台下一愣。评委席上也一愣。唱歌比演讲更拿手。我开始唱那首《周总理的衬衫》不过两句的样子，我突然掐了歌声，然后告诉台下芸众，我只是一个老师，我面对的是一群不谙世事的孩子，我跟我的孩子们讲很多周总理的故事，然后我适时地背诵了一下报纸上的内容。可以说，前三个人背时，根本没有一个人听。到我背的时候，大家听出分量来了。然后，我就穿插了教学那首儿歌的小片断。大伙儿听得津津有味，还没回过神来，我的演讲结束了，我说：请把我的歌，带回你的家，请把你的掌声留下！

哈哈。我就是个骗子。一等奖就这么骗到了。

这么看姜老师的名字，是不是更像萧楚女？朋友开始质疑的原因，就是因为看名字以为会是个女的。用姜老师自己的话说，学艺术的得有一点反骨。

近来常读王羲之。后人研究王字，总慨叹了不起啊了不起啊。区区兰亭二百来字，"之"就是二十余个。可人家二十个"之"个个不同样，不愧是书圣。

觉得这不是表扬，这是骂人。比如清明上河图，那幅画里多少人呀？会有一个长得同样吗？会有一个动作相同吗？再比如，我们走到大街上，随便捉一千个人来，都是人，有鼻子有眼睛有嘴巴有胳膊有腿，那我问你，有一个相同的人吗？书法同样呀，"之"由点、横折折组成。那点会有长点、短点、撇点、捺点，横折折更有长短大小两个折角各自不同，那莫说变化出二十种来了，再多的也能变出。

那出于一种内在的要求，你在书写的时候，首先要有这样的意识，此"之"非彼"之"，此文非彼文，都有这样的要求，你写的东西，就有人看了。张丽钧发文：《高山上的母亲　沧然而涕下》题目瞟一眼，就急着想读下文了。

与一只狗的相安无事

去驾校集训，要去洗手间。是那种公用的厕所。走了过去，突然白着一张脸捂着胸口快速飞奔折回。

一条大狗，赫然站立着。

狗长得特别高大威猛，毛直立着，舌头吐在外面。我绕道离得远远的，再不提去厕所的事。

第二天依然集训。这样不是个事了。先生同去的，先说："我陪你过去。"

狗就趴在厕所门口。我和先生刚刚走近，它起身站立，抖擞着身上的毛，先生拉过我："算了，你去男厕吧，我帮你把着门。"

我做贼一般刚从男厕溜出来，小红也过来了。我唤过她："到这边吧，我们帮你把风。那边不敢进去。"小红扛着伞，若无其事地："怎么啦？怎么不敢进去？""狗！就在门口！"我余悸未消。小红继续往厕所走："没事，拴着呢。"小红继续走过去，把伞收起来，往狗那边走去。狗照例起身，抖擞一身的毛毛，小红没事人从狗身边经过，直接奔厕所而去。

我在一边，惊得眼珠快掉了。并不走远，但看小红怎么出来。不长的时间，小红出来了，停留在水池边洗手，和狗对望。狗摇摇尾巴起身，百无聊赖，复又趴下。

再几天，我可以趁其他女队友去厕所时，同时蹭进去。并不敢慢步走，也不敢加快脚步，整个人提着气，挎着同伴的胳膊，不作停留地通过。

再几天，我就可以如小红一般，气定神闲地，不需要任何同伴壮胆，独自去厕所了。集训的最后几天，我已经很可以慢吞吞地从狗身边通过，狗再起身抖擞狗毛时，我还可以和它对视片刻，它会缓缓坐下，漠然看一个一个的人从它脚边经过。

敲下这段文字时，我的内心其实是被悲哀淹没的。我们总看到那么多新闻，面对什么什么情况时，那么多围观的人麻木不仁，其实就如我这样，天长日久，甜蜜的、酸楚的、苦痛的、麻辣的、尖啸的、刻薄的、无耻的、肮脏的、恶毒的，置身其中，慢慢形成了抗体，然后再遇一条狗时，我肯定忘记了最初的防备，失去白着一张脸疾奔回头的本能。

那样，距离被一只狗咬下来，就是迟早的事了。

一条蚯蚓　九死一生

儿时看书。蚯蚓的传说。

说邱家一个孩子，名寅。那时，文采风流的，都叫寅。比如唐寅。父母双亲的那个爱呀，真正含在口里怕化了。一路捧在掌心，孩子也够争气，后来一路中了状元，官至县老爷。人一阔，脸就变。话说这个邱，当上县老爷，自不比平时，对家里人吆来喝去神气通天。年迈枯朽的双亲，自然是眼中钉，一百个看不顺，看不顺还是小事，后来居然发展成嫌弃，直到将父母扫地出门。这事儿大了，传至京城，被皇帝下令处死。邱寅死后，无颜见天日，钻进厚厚的泥土里，变成了蚯蚓。讲故事的人，为了证明他说得真实可信，还让看官们，不信可以看蚯蚓的身上，还有一道箍，就是县老爷腰箍。

那时的故事，总有非常强大的功利主义。无非是教育所有人，要知恩图报，要孝敬父母。不管位至几等，孝总是第一。儿时看得心惊，趴在地上，抠出蚯蚓，看它身上，果真一道腰箍。当下信服，暗自拍拍胸口，人真不能做坏事，看看蚯蚓，没手没脚没鼻没耳没脸，再不能做坏事，否则真是万劫不复了。

后来，初中的生物学，老师教得颇认真，我们也觉得津津有味。说那个蚯蚓，有再生能力。即便铡成几段，每一段都可以成为一条新的生命。生命老师是个甜美可人的小姑娘，却下得了手。用镊子夹起一条蚯蚓，果断地铡成几段。蚯蚓有没有变成几条新的生命，已经记不得实验结果了。

近来读诗，同城尔耳老先生的：

> ……
> 忽见前面有美味，馋嘴小儿吞诱钩。
> 杆提离水任挣扎，鱼子鱼孙不放过。
> 世人都赞垂钓高，实则钓者最歹毒。

用成诱钩的，通常便是蚯蚓。儿时的故事，一直萦绕在心。蚯蚓固然有错，就算真是因果报应有了来生，它已经钻到泥土里已经暗无天日已经囹圄只余一条命了，它可以松土可以使庄稼获得好收成，也算将功补过。别人都说钓鱼修身养性。我们却读出了无边凄凉。鱼在水中何其乐，纵然它也有贪念，我们却用一串诱饵生生逼出它的贪。是物总有两面，不被诱出它的贪，说不定人家会优哉游哉乐活检点一辈子。蚯蚓更无辜。生生被从最黑暗处挖出来，切成小段，注意，是几乎无法再生的肉末状。然后挂在钩上，然后伸向水面。

不知道是不是蚯蚓沾得了泥土的清香，诱饵做得特别到位。于是就有了专门挖蚯蚓的工作。大爷闲着没事，四下挖土，一切翻个底朝天，得了蚯蚓，坐成一排子，叫卖。

一早，坐在先生车后，电驴东倒西歪的。有些冒火，练车的人，汽车没学会，电驴都开不稳了。那人脾气好，答：路上有蚯蚓，让着它们呢。

果真，路上横着几条蚯蚓。应该是雨后，这些家伙出来透气了。先生转而叹气：不过，就算不压它，太阳一出来，它们也会被晒成干子。

不由悲从心来。就算没有大爷挖了它，卖给人家做钓饵，它自己还有这么多坎要迈过的。

猫有九条命，蚯蚓呢？

大明曰：路上踏杀者，名千人踏，入药更良。说的就是蚯蚓。后李时珍进一步研究：入药有为末，或化水，或烧灰者，各随方法。

用场越大，蚯蚓的劫数越发地多了。

守一份阳光下的事业

老板温文尔雅谦逊有礼。交谈中，知道他开着网吧。

一早再来练车时，我就有意跟他说话了："老板发展很好，只是职业选择有误，现在正是年富力强中年从容时光，可以考虑改行。"

可以准确地给自己定位：书生气过浓了。

老板原来的好脾气，也只是一种表面现象，我还没说上几句，开始勃然变色。这个我倒不怕。

对网吧，从来没有好印象。小城里，一个同事，女儿才上初中，便变成了问题少年。最后一夜，同事去网吧找女儿，游戏机前杀得红眼的女儿，看到深夜赶来的母亲，恼火万丈，恶言赶走了母亲，母亲到网吧楼下时，女儿把一盆花草砸了下去，牙缝里挤出几个字："去死吧！"同事真去死了。那样的夜，谁也不知道她想了哪些，谁也不知道她是怎么度过的。家里还有一个寄宿的孩子。她做好了孩子的早饭，怕死在自己的住宅里晦气，死后变卖不出价钱，跑到楼下车库，上了吊。

网吧老板火了："自己的孩子有问题，能怪到网吧？说得难听一点，自己哪去了？"老板火得有理。确实。每一个问题孩子背后，都有一段失败的教育史。同事自己本身教育肯定有问题，每一个去网吧的孩子，背后都站着一双无奈又无能的父母。这是不容置疑的。可是才是一个孩子，才是一个半大的孩子，才睁着一双迷蒙的眼睛，还没懂黑白的年纪，网吧像一只黑手，毫不犹豫地拥他们入怀。

那么我再讲一个故事。

快递公司的业务员，大多是快递公司临时招来的。员工素质良莠不齐各人修养不一。某一阵，全网进行了大讨论。一个半老男业务员，送快件的。电话女买家。女买家睡得迷糊呢，要求业务员送上门来。男人摁响门铃，女人迷糊中打开了门。男人先是一愣，继而热血上涌，旋即恶虎扑羊，女人成了男业务员的菜。百般抗争也无效，那个时候的男人正是子弹上膛，不发哪行？事后女人报警，男人丢了工作不提，被刑拘。但男人拒不认错："她没有责任？她穿着吊带睡裙，酥胸半裸睡眼迷蒙，她简直是在召唤！"

网吧于半大的孩子，比那个睡眼迷蒙的女人诱惑还要大。那里没有学业负担，没有家长督管，没有榜样攀比，没有任务目标，只消往那儿一坐天马行空他自己就是那个虚拟世界的国王。这个世上，最好走的路，是下坡路。网吧里的路，每一条都是滑向下坡的路。

老板急了："你这是断章取义！未成年人进网吧也是极少数！"那我都感兴趣了，是什么样的人进网吧？我曾经去过一趟网吧，在职校路南，一个非常隐蔽的厂区里面，正是傍晚时分，人满为患。我粗粗走了一圈，都是未成年人。我问过孩子们，他们都未成年，网吧都需要身份证的，他们怎么进得去了？"不用吧。就算我们没有，他们里面员工也会拿出不同的身份证代替的。"

老板辩："现在各个部门抓得很紧的。手续不全也开不下来，未成年人进网吧有几次举报就会关门。"

我相信。相关部门对网吧的审批一定会非常严格。只是我很能理解。有行规，就会有对策。公共汽车超载就会出交通事故，就会死人。可是公共汽车都按核载的人数载客，就只有喝汤。于是每有超载时，顾客自己都会配合地矮下身子，或者蹲在行距之间，错过检查。不出事天下太平，出了事捶胸顿足。

那就看出来了，公共汽车赚钱就在超载的这一部分。其实，不超载未必不赚钱，只是开饭店的，没人嫌肚子大。多带一个挣的就是纯利。同理，网吧不准未成年人进，恰恰，未成年人的钱最最好挣。睁只眼闭只眼，甚至诱惑未成年人进网吧，成了商家的重要赚钱手段之一。

那么下一个议题：成年人是可以进网吧了？进网吧的都是些什么人？

老板更火了："那就全像你这样？进网吧怎么啦？就有父母，怕孩子乱跑，钱交给我们，孩子乖乖在网吧待着，他们放心。还有那个患抑郁症的，他不进网吧进哪里？"

我乐了："如此说来，网吧还有治疗功能？那市二院是不是可以考虑撤去病床直接按网吧模式经营？"

长我这样的，不进网吧，反感网吧的，反倒应该自卑了？当然，我只是作为一种职业讨论：当我们生存有困难时，就考虑不到那么多了。在这个社会，每个人都有自己的价值观。何况网吧，也是用劳动汗水换来的成果，不偷不抢光明正大。只是当我们活到一定的时候，需要有一种社会责任感，需要有对自己职业的思索。

楼下阿姨颇忙。退休后，弄了个棋牌室，都是些退休没去处的，三五个一凑就是一桌，阿姨管他们玩管他们吃，忙碌而充实。我是个直肠子的人，连连摇头："这不是一种养老的最好方式。老了找事做，要能修身养性怡情悦心。要能是一树八月桂，香了自己又能香了别人。棋牌室永远是是非纷争之地。"阿姨家老公，听了倒是一番思索："你的意思，要换个工种？"

对。见好就收。世上财多呢。举我们自己的例吧。我之前卖丝巾围巾，后来专注书法用品。我花大量的力气，做微信，普及书法知识。这些和钱离得很远。貌似无用功。但我会在每一个接触到的人心中，栽下一棵小苗。我的口号就是：种书法得优雅。事实上，我的回报都很丰厚。我不需要去游说蛊惑任何一个客人，来买我们的产品。但他最终会来。因为那棵小苗，迟早在他的心中，长成参天大树。果真可以养颜美容养生保健延年益寿提升气质，他又有什么必要跟这一堆好处对着干？

苔藓在什么环境下长得最滋润？见不得阳光的环境下。

网吧呢？隐蔽阴暗，最是夜深，最是它的良辰。

我对任何一行职业都不存在歧视和偏见。凭双手吃饭，劳动得来都光荣。我就算说服了这个老板改行，还会有千千万万个网吧老板崛起。有需求的地方就会有市场。只是很多职业从来便是高危。蜘蛛人最容易高空坠地丧命，化工厂的工人拿的每一分钱都是日后的索命钱。网吧诱使那么多孩子滑向深渊，逼得那么多家庭人财两空，这样的经营者，自己就能逃过良心的拷问与谴责？

我始终怀念十七岁时，一本书封面上的一句话：转过身来，站到阳光下吧。你感觉到那份温暖了吗？

时时振作做妈妈

凤儿是儿时同桌，贴来小儿的作文，不无忧心："这孩子，怎么会感觉消沉呢？是我们引导错了吗？"

凤儿和我们相隔数百里，却因网络的原因，感觉就在身边。很喜欢她家儿子。长得文静秀气，架着副近视眼镜，没事喜欢拉拉大提琴，写写书法作品，看看红楼梦。才是一个初中的孩子，还要怎么好呀。喜欢得紧，隔屏赞叹。

可是凤儿觉得不对头："成绩一直这样呀，还有，怕他早恋。"

哈哈大笑。我家儿子才十九岁，我快忘了早恋是怎么一回事了。我们家儿子，长得乖巧，却情商极高，我在淘宝上忙得焦头烂额的时候，这个家伙，在网上纵横天下，但是小孩家家能聊些什么呢？喜欢也是不说出口的。某一日，悄悄寄书法作品给人家小女孩，我和他爸爸，才找着谈话。儿子小声辩解："我就是跟人家说说话，哪有什么呀？"他爸接过口："那你以为谈恋爱是谈什么呀？就是寻常说说话呀。"后来，小帅哥升高中，后来忙着学书法，我们也没刻意打听过什么。如果远方有一份动力，他会为之努力，为什么不让那份动力牵着他走呢？没有了我们的打压，他倒是少了斗志，没过多久，自动撤离战场了。

凤儿家小帅哥文章我读了，很唯美有着淡淡的忧伤，文笔出乎意料的好，一点不像出自孩子之手。凤儿紧张地等着我的评判，完全没有问题，每个年少轻狂的年纪，都会有这些为赋新辞强说愁的文字。当年我的一篇文章，写外公的，题目叫《墓草青青》，教语文的是个奶奶，吓坏了。找去谈话，说你一个小孩子家家，怎么会用这样的题目。班上后面黑板报是一组女生合力出的，大标题是《蓝月亮》。奶奶又不干了，月亮怎么可以是蓝色？好好一次出游杭州，我没有写天堂美景、铺天盖地的桂花香，愣是写出游中自己的孤独无依，一脑子的不合时宜。交上作文本，又被奶奶找去谈话。

凤儿自己是个理科妈妈，小帅哥的文艺范儿吓住她了："男生就不要文艺了吧？"哪里哪里？真要成了沈从文，你这个为娘的没事就偷着乐吧。

哪一个大家不文艺？那个董桥，但凡开口，就惹我着迷。转着眼珠看他描写尘世间一个个的人。说人家鼻子，一管湖笔。实在有卖弄之嫌，哪来的鼻子长得那么文艺呀。说人家一个村姑，松松一个发髻，那是客船上夜半的钟声。初读都费劲的，再读就品出不同了。然后深深爱上这样的文艺。

"文竹却没有变。甚至没有长大多少，数月间只浇过二三次水，就不曾过问。它慢慢享受着迟到的甘霖，倒也不愤怒枯萎，也不蓬勃发展。它静静地，慢慢地，像一位看破红尘的老者，在缥缈的枝叶间静静品着茶。

窗外，是喧嚣一片。"

这是凤儿儿子随笔的片断。如此文笔，除了叹，还是叹。

可是如果视角是妈妈，就会生出很多担忧。如我的凤儿。我很能理解。我们要做的，就是默默陪伴一旁，不多说，不说错。

我写过一篇散文,《一心向着清华飞》说过孩子长大的过程,便是妈妈梦醒的过程。孩子长得越大,妈妈们的理想,也就越贴着地面了。可是,妈妈又注定是孩子生命中最有神奇力量的角色,任何时候,我们的孩子,可以贴着地面,哪怕匍匐在地,你也要记得,指引他飞翔的方向,给他希望,给他力量,做那个坐在他身后随时给他掌声的人。这个世上,所有的人,都可以将他一眼瞧穿看透,唯有你,需要时时振作,一个梦醒了,还有另一个梦接着往下做。成不了华罗庚了,做余秋雨也好呀。成不了梵高了,就做那个K歌的汪峰呀。这个世上,唯有梦,可以,一个接一个。今朝梦醒,天黑下来时,我们又可以接着有梦了。

　　如果你做到了这一点,你的孩子,就可以时时在你的激励和鼓动下,扬帆远航,可以鹰扬九霄,抵达一个又一个高地。

不欲多相识

其实祸端是我惹下的。

一盆一盆地往家里端花，花满为患。两个闺蜜又是极爱花的，三人一同加了好几个养花公众号。每日看那些花园，心里痒痒的。便想着换个房子。要有大大的平台，然后，做一个辛勤的园丁，培育一个大的花圃，让自己的露台四季如春。

于是 QQ 微信上便放出消息，拜托亲人朋友帮着张眼留意，有合适的就帮着介绍一下。还有了几次看房的举动。有几个地方，很有意向。一处是个厂房。老板亏本处理，弄好二百多万的样子。那叫一个海，住的吃的用的，楼顶几百平方米的露台，莫说养花，在上面弄个马戏团都行。一同看房的朋友打趣着。

又有一处，是个住宅。面积一百二十平方米。不过露台极大，三面都有很大的利用空间。去看房时，阳光暖暖斜照着，一颗老心怦怦直跳。朋友陪同看房，替我们规划，这里可以一个大的花圃。这里可以一个阳光房，做成你们的工作室，里面写字写诗弹琴，日子在朋友的描述里流光溢彩。

诱惑一下子就摆到了面前。厂房肯定值得买，因为划算。但住宅还是要在配套设施好的小区，最理想的状态，便是看中的这两套一起买下来，然后把现在住的学区房，转手出去。住宅换住宅，价格上相差不会太多。要筹的就是那个厂房的资金。

先生陪着去的，因为诱惑确实有，那人沉吟着：只是一下子要捧出几百万来的，现在住着的房子也不是说卖就能卖出去的，有时一年半载未必谈得拢的。

我的头一下子就炸了。

和先生携手走来，近几年，真正到了从容时光。再不必为住房奔波，不必为工作生忧，不为儿子跳脚，不为金钱所累。有了大把的闲情，拾一个椰壳，长一蓬铜钱草。捡一块砧板，放一盆组合盆栽。掏一段树根，长一棵蕨草。学驾的空隙，趴在人家屋后檐下，扒得一堆绿青苔。正是有了一段闲时光，才有得这样的雅兴，要是，突然要忙碌两处的房子，要装修要跑各种手续要点滴置办家私，我是为了养花才买新的庄园，等买成了，自己忙成了屁猴子，庄园有了，花还有心情再养吗？

突然手心对搓，捂住面颊，双手朝后梳理长长的发，甩着头命令先生："再不许提房子的事！一直到儿子要换房，我们都必须住在这幢房子里！"不过七八年时光，我们搬进来时，这个小区在小城算好的，哪里七八年时光它就要淘汰了？真要想花，种好我的阳台，足够了。房子再有不如意的地方，拿出买房看房的精力，动手收拾再改造便行的。

一个人问禅师："你从哪里来？"禅师说："顺着脚来的。"又问："要到哪里去？"禅师说："风到哪里，我到哪里。"

像被人点通穴道。我抓起电话回复友人："都不用再帮我看房呀。我不再换房了。就把现在住的打点到最好就行了。"

不欲多相识，逢人懒道名。这个世上，好东西多着呢，我能追寻得尽吗？放下电话的我，躺在阳台的靠垫上，枕边一大堆书，左右上下满满的花挨挨挤挤，三只小龟在各自的缸里爬得扑扑响。我啃着梨子抓着书角，我是那棵遭过暴晒的绿萝，再次醒过水来，生机四溢。

第三辑　倚红妆　＊　帘儿下听人笑语

秃槐枝上玫瑰花

今天说癞四。

癞四霸一方

癞四有没有学名，想不起来了。叫他癞四，是因为他就是地方一霸。放学的路上，癞四早早地横在路中间，画一条线，手一伸，要想过线，必须拿礼来。礼多少不拘，可以是吃的，可以是玩的。能有什么礼？一早从家里带出来的山芋干，原本是当早饭的，并不敢吃了，中午癞四拦下来，得抓给他的。白果，染成了红色、绿色，夹在两脚之前，往前一蹦，白果跳出好远，没有最远，只有更远。更远的，便赢了。赢了的白果，捂在口袋里，宝贝一般的，遇到癞四，也得老实交出。一群孩子，去集体的桑园里挖黄花头，一种开极小黄花的野菜，可以食用的。癞四堵在路口，每个人的篮子掏了个底朝天，才会放行的。

癞四就是个小混混。没人管得了他。父亲死得早。他妈吴二奶奶，更是一个惹不得野蜜蜂。玫瑰生满刺，是保护自己的漂亮，神圣不可侵犯。刺槐丑得离奇，他也长满刺，为的是不停地向别人的领地挺进。癞四在村里，就是人见人怕的主儿，偷鸡摸狗撬门摸锁上天入地没有他不敢犯的事，在十八岁那年，被关押起来，村里才太平了两年。

抢来的老婆

出来后的癞四，改地方混了。没有回村里，去城里。城里的姑娘，个个赛花朵，癞四隔着几里路儿，都闻得出花香。看中了一个城郊的小丫头。个头不高，皮肤极白。笑起来有两个浅浅的梨涡。癞四看一眼醉一天，走起路来，步子都是飘的。街头的歌唱得癞四心头更痒了：闪耀的灯光，伴我的心儿在歌唱，问声美丽的姑娘，你的心，是否和我一样？！音乐陡转直下，癞四仿佛看到美人在怀，全城音乐都在为他奏响！

他不懂表达，直接自行车往姑娘前面一横，一只脚撑在地上：那个，姑娘，我要跟你处对象，你看，这事，成不？一排的小姑娘，吓得集体后退，回过神来的四下逃散，那个被他堵个正着的丫头，直接吓得瘫软地上，放声大哭起来。

癞四一计不成，又生一计。小丫头下班回家，必经一条小桥。癞四是个什么人呀？土匪、恶霸，三九严冬，直接把小丫头往河里一掀，小丫头掉在水里，呼救都叫不出来。"答应嫁给我，就救你上来！不答应，直接把你按到水底！你家我认识，嫁给我天天宝贝你，不嫁给我，把你们家杀得一个不留！"

小丫头崩溃了。放声大哭，还没有忘记说话："你拉我上来！"

癞四二话不说，跳进河里，捞起小丫头就往岸上飞。丈母娘一家看到两个冰人破门而入，吓坏了。癞四把老婆往丈母娘怀里一送，纳头就拜。人家父母只听癞四说得有鼻子有脸，只以为是他救了自家的宝贝女儿。老两口只差给癞四下跪，谢他救命之恩。小丫头瑟瑟发抖，直想辩解，畏缩着看看癞四，最终没敢开口。

带你回乡

听说癞四带了婆娘回家，村里人把他家两间丁头府小屋围得水泄不通。是真漂亮。不到二十的年纪，城里的女娃细皮嫩肉，仅一双小手，够让邻里惊叹的了。乡里女孩，会跑步起，就会替家人分担家务，一双手，挑得猪草，挎得竹篮，烧得锅膛，喂得猪粮，长年劳作，一律指骨粗大，短且粗壮。冬天再缺衣少食，一双手红红肿肿，生满冻疮。并不药治的，烂下一块块，流出红红黄黄的脓水。旧棉衣里扯出一团老棉絮，煤油灯上烧成黑灰，掖到红烂处，原先红红黄黄的地方，添了黑色。小女人见一屋子人，吓得低着头，右手躺在左掌心，左手握紧右掌，缠在一起，拿起又放下，两只小手灯光下，绵白透着浅粉，那时村里流行放电影《七仙女下凡》，小女人一双手，直让人觉得要是给她一对长袖，就能舞到云里了。

一个人的生性，不会说改就改的。癞四游手好闲半生，断断不会因为有了美娇娘就务实起来的。癞四陪着老婆在家待了几天，在一个清晨，又窜到外乡了。只留小女人和老娘一起。

癞四的老娘，吴二奶奶，是个古怪的人物。很早没了男人，领着四个儿女，日子艰难，也养了全身的刺，只为防备。老来刺收起来了，很孤独的一个人。待在两间竖着的丁头府草房里，吃用极少的。上面三个孩子各有归宿了，癞四突然带了老婆回家，看不出她有特别高兴的地方。每日来吃一人的饭，睡一人的觉，明哲保身。

女人开始还可以在家里找一些婆婆吃剩下的饭菜，虽然难吃，还能填饱肚子，很快机警的吴二奶奶，不再让小女人有找到的机会。小女人饿得直哭。来往的路人听到哭声，开始都不敢停留。看过热闹之后，大家都猜出几分，来路肯定不正。小女人哭了，大家就觉得肯定是受欺负了。后来实在听不过去了，有老人进去看了，才知道，原来是饿了的。后来就有老人隔三岔五地送饭送菜过去，只挑吴二奶奶不在的时候。

不长的时间，小媳妇突然扎了条围裙，拦着老人们不用再给她送吃的来了，她决定自己做烧饼卖了！

小媳妇把丁头府屋子东墙打通，正对路口。弄了个大锅炉。第一天烧饼开张，就挤了满满的人。做得味道不怎么样，形状总还像了。不影响大家的开心。丁头府房子在两个村子的中间，原先像是孤岛。这下，小媳妇的烧饼店成了村人最有趣的去处。很多时候，不买烧饼，也会溜去看看。不长的时间，屋子外面又多了个大酒缸。小媳妇做得一手好甜米酒，两个村子的人常提着个壶子，打酒回家喝。

有些时日了，大家就看出小媳妇的变化了。变得敢大声说话了，肯主动和村人搭话。从前清瘦娇小的身板，粗了起来，原来是怀上孩子了。

"不敢再等下去了。总不能饿死孩子。"小媳妇说着眼圈就红了。吴二奶奶也被伺候下来了。先是吃烧饼。小媳妇出炉的第一个烧饼一定是孝敬她老人家的。后来是甜米酒。每天先帮婆婆酒碗里添满。吴二奶奶原本古怪，后来多出一个怪习惯：酒泡烧饼。

从前爱听说书。不管哪样的匪盗强人，不管多么凶神恶煞恶贯满盈十恶不赦的，但凡有了家眷，就好比捆住了手脚踩住了翅膀。

女人很快生下了一个女儿。癞四还在外面漂着，得了信赶回家时，孩子已经落地了。当地的风俗，用癞四的衬衣裹着的。癞四看着自己衬衣里面奇怪的小动物时，内心最深处的一根弦被拨响了。那样一个柔软至极的小东西，和自己有着一样的眉眼，最爱一双眉毛，茸茸软软似乎透明的。癞四哈哈大笑：怎么一个白眉毛的小老太！放旷的笑声吓得小人放声大哭。

幸福在你左右

央视一个公益广告，看得人心下濡湿。大意是：幸福，不是你可以左右多少，而是有多少可以在你左右。小人儿生出，直接拽了癞四远行的脚步。癞四开始留在家里。吴二奶奶很快过世了。小媳妇成了指挥，领着癞四过日子。二女儿又来到了人世。这个时候，计划生育很紧了，他们家可以赖下二子，不知道是不是癞四赖皮的功劳。令村人惊喜的是，癞四不再像从前土匪一般了，村里人开始按他的辈分，唤他四爷。

多出两个孩子两张吃饭的嘴，四爷开始寻思发财的路。领着一家四口去了东北，帮人家做油漆活，居然很挣钱。不到十年的工夫，盆满钵满，转回老家，盖了大房。一双女儿，秃槐枝上两朵玫瑰花，十多年的工夫，已经最是一年春好处，绝胜烟柳满皇都了。那个从前弱柳扶风的女人，现在风韵犹存，是经年窖藏的女儿红，处处透着芬芳和醇香。

回老家，又见四爷。四下邻里，红白喜事，四爷帮着张罗里外，自己有辆车，可以替主家迎来送往。

那日，一辆车堵在半路，颇有滋事的意思，四爷从人群里钻出来，手一挥，一大帮男人生生把车推到了路边。车主挑衅着走来，四爷并不动弹，站在人群里等着车主发难，边上人笑"癞四头上动土了"。

人群中的四爷，矮矮个头，板寸头，早年划下的疤痕，赫赫在脸上。不知什么原因，车主见了他，往后退了几步，一句话没有扔下掉头便走了。

骨子里的匪气还在。但轻易不会动手了。这个世上，两个女儿是他最可珍惜的。人一旦有了顾忌，敬畏与隐忍，耿直和正义，就成了生存的必选。

最纵容

终于，把自己推到了最好的位置上。

小胖子已经不胖了。但不妨碍我们大家还叫它，小胖子。

是它，没有用错。一个动物式的小人儿，渐渐会走会说，成了他。

好友丁丁和清都嫌我容他，身边的每一个人都批评我："他依恋你，纯粹因为你容他！"

是真的容。最纵容。

我的太阳镜，戴在他的小胖脸上，他也好奇，他的世界全黑了。兴奋地摆弄。完了，支架断了。奶奶急了，比划给他看，东西不能瞎弄。看都没看，直接塞进包里。奶奶说，就是姑姑容他，弄坏了都不说一句。

哪里会不说？重新买了个新的。果真，一进门就扑上来要了。交到他手上，把支架部位指给他看，然后告诉他，可以往里合，不能朝外掰。往里合，就关上了，可以放进眼镜盒。这个好懂，小胖手在支架上开开合合，很有成就感。真要是一巴掌下去了，那坏掉的眼镜果真就能回来？

带他去菜场，买来龙虾。一路上就在兴奋地叫着，龙虾龙虾。说得晚，但吐字绝对标准清晰。到得家来，龙虾放进盆里用水爬去体内的泥沙。小东西架在盆子上就要尿尿，吓得七手八脚地支走他。哈哈大笑。他已经知道使坏了。越不让干的事情，越会对着干。已经能听懂人的恫吓了，要打。并不懂打的含义，顾自做着坏事，嘴里还在念着：要打。

拿着苍蝇拍要我抱："看看龙虾。"

知道他要干嘛了，索性端下龙虾，拿了个漏勺，再拿来一个盆子，他兴奋坏了，真正懂他。漏勺把龙虾从这个盆子捞到另一个盆子。嘴里明晰地说着：龙虾。抓着他的手，一个一个地捞，他跟在我后面数：1，2，3……

要烧龙虾了，清洗过后放进了锅里，小胖子拉低我的身子，非要我抱。"看看龙虾。"最爱听他说话，如此清晰。"这有什么好看的！在煮。不要看不要看。"怕他烫着，爷爷奶奶轰他出去。又怕频频掀锅，热气走了，不能烧熟。

可是烧煮的过程，大人耳熟能详，人家凭什么知道呀？我偷偷地掀开锅盖一角，小胖子乐了，看着水在冒泡，看着龙虾一点点变熟。又批评我了：就你容他。朝小胖子快乐地挤眼，这个过程，不是比坐在那里吃龙虾更重要？

到我的店铺来。那么大，乐坏他了。撒丫子乱奔，地下全是毛地坪，人人张着手逮他，怕他摔着。好玩的真多，那个小推车，成了他的玩具，南头推到北头，一路磕磕绊绊险象环生，偏生他还倒着来，埋着身子朝后退。身后就是个大纸箱，再一埋身，直接滚进了纸箱里。并不买账，拿袖子在鼻子下面一抹，继续勇往直前。满地堆的是围巾衣服，啪一下，扑在上面，还不够，直接打滚。刚刚分类成堆的，马上一败涂地。人人追着他逮，就我很能容忍。这种场面，也许他再大，都难遇上了。清笑：这就叫容，明明不能做。

对的，在我，是特别宽限。水火电、危险的不能，其他的只要能陪他尝试的，一定会。又有事端了。每次离开我，都会大哭一场。碰到这么纵容的，能不哭嘛。跟他讲道理，这个世上，喜爱的人，并不能都在一个家里。姑姑很喜欢你，可是到点了，就要跟爷爷奶奶回家睡觉。今天玩得不少了，咱们开开心心再见，好不好？

爽快地答一声，好！就会小雀一般飞向奶奶，甜甜蜜蜜跟我摇手拜拜，要是思想工作做不通，突然来个快刀斩乱麻，那下子看他哭得，地动山摇不依不饶。爷爷火了：不要跟他讲道理，军事化管理。说一就不二。

好。教育不管谁对谁错，保持一致最最重要。这下子好了，小胖子哭花了脸，我硬着心肠上楼了。这个也要军事化？姑姑这里也不是琼楼玉宇姑姑也不是什么军事重地，只要我不嫌他烦，他就尽可以在我这里待着的吧？

听他哭得声嘶力竭，我这边柔肠寸断心痛难忍。不到半个时辰，小胖电话进来了，脆朗朗一声："娘娘"，全无风雨满是晴，似乎刚才声嘶力竭的是另一个人了。

干英姐姐

在外面疯，电话进，送红蛋给我，一时反应不过来。"我是干英。"赶紧回家。

一直称干英为姐姐。我所有的为人处世包括后来可以弃文从商，可以说是姐姐一手带出来的。

开始有些抵触姐姐。姐姐家爱人和我们同事，姐姐在校园里有一个商店。对人的职业，是带着偏见的。不是歧视，是偏见。因为姐姐做的就是小本生意，卖给孩子一毛两毛钱的东西，后来又冒出其他教师家属竞争生意，自然有纷争，在我眼里，一般没事就不要找事。

可是做了邻居之后，深深被姐姐折服。

因为怀孕，姐姐家门槛快跑烂了，喜欢吃她做的糯米肉圆。姐姐时常特意早早收工，做给我吃。怀孕的人，真正邪门，盯着一样东西，永远吃不厌。那个工序繁琐，我又特别怕做饭。天天心安理得地跑姐姐家，心里感动坏了，非亲非故的，就凭我这张嘴张口闭口叫着姐姐，她就这么无求也应地一再准备着。

姐姐真有意思。再难启齿的事情，她都可以很坦然地教我。说怀孕期间的男人，最不可靠。这么说着，就抖出她家先生的一段花花事。都知道是开玩笑，她家先生也乐，被姐姐拿出来开涮也不介意，姐姐看着我，望进我的眼睛里：你不要以为他不会，没有男人不会。哈哈，我哪有什么防花心神器。姐姐的话，是宝剑，日日悬在头顶，时时戒备刻刻防范。

姐姐长得高挑苗条，先生白净文静但小巧，我有些奇怪，这两人的身高，是应该无法发生故事的。"我们两家是老亲，两个妈妈是老姐妹，定的娃娃亲。"姐姐说。"初中上完了，家里就不供学了。婆婆跑过去说：我家儿子上了师范了，你们家不给她上，不要怪配不上我们呀。"婆婆强势，干涉姐姐的父母，但她说到做到，姐姐高中三年的学费，都是婆婆给的。姐姐说："所以我对婆婆比对我妈还好。"

姐姐这一点，影响至深。对婆婆比对妈妈好，这是一条经实践检验过的永恒的真理。得益的不只是婆婆，是整个家族。有这一点做基石，婚姻和爱情都会牢不可破。我是最虔诚的追随者。

好多年不在江湖漂了，姐姐送的红喜蛋真正惊喜。大红布袋，里面是乡巴佬红喜蛋。还有几块糖。姐姐家两个女儿，如花似玉，学校上得好，工作找得好，嫁得又好，相继生下小宝宝，姐姐送蛋报喜来了。姐姐做事从来礼数周到滴水不漏，如此安排自有深意，一路我们感叹着学习着，终抵不过皮毛。

姐姐家女儿我们是看着长大的。女儿都生小宝宝了，我们还能不老？看姐姐，却真不老。和她的豁达乐观潮流有很大关系。我的动静一直很大，姐姐总是第一个站出来支持的。和姐姐一起度过多少快乐时光？我的最青春年少的时光，都抛在那片荒滩了。十年时光跟随姐姐学到的，却受用一生。看着姐姐，我在偷笑。

当年邻居，得了不治之症。女人疼得死去活来，我和姐姐靠得最近，先是黑夜自行车载着她，陪她去讲迷信。因为女人相信。其实，她的病，倒不至于不治，但几下误诊，竟至拖到弥留了。姐姐怕，我也怕。我们两人用车推着女人，女人坐立不稳了，我们一个人推一个人扶。可是那样的活动，又怎么能留住女人离去的脚步？

我们开始陪伴她。女人已经不再进食了。还可以说话。女人瘦成了一把干柴，恋恋不舍。这个世上，有她太多的留恋，她还没有活够。她的衣橱里，满满的新衣。她的女儿，才刚成人。我和姐姐听着，安慰着，拿棉签涂上她的嘴唇。成薄薄两片了，干裂的皮，飞了起来。

可是某一天，我就赖在了姐姐的餐厅里，坐在她家的转椅上，转来转去，只字不提陪伴邻居。姐姐也是，拼命往影碟机里塞各种故事片。突然，我俩对视一下：真的不去看她了？

是啊。女人的家人离得远，我们再不去看她，她不是就太可怜？

哈哈。我们相视大笑。我们是一对胆小鬼。因为别人的非议。我们的古道热肠，别人误以为我们会有什么企图。因为女人家老公是个领导。不怕不怕。她那么可怜。我和姐姐相互鼓励着，重新两人双进双出，陪在邻居左右。女人多么感激呀，已经不能说话了，拿着一双干枯的双眼，看着我们，有泪，沿眼角而下。姐姐做得多的，不停地拿棉签湿着女人的嘴唇。我就是个小跟班，陪在一边，不做事。不说话。

后来，我们各自进了城。那么两个形影不离的人，只能在QQ上说话了。

过去的默契还在。转着眼珠看姐姐家两口子。姐姐家先生还是那样，老好人一个，笑笑，什么也不表达。姐姐还是那般诸事挡在前头。姐夫是电脑一霸，常年趴在电脑前，腰快瘫了，眼睛常年充血。姐姐恨死了："做伤了还不是老婆孩子收拾瘫子？他听你的话，快说说他。"

乐了。姐姐和先生吵架，就我在一边和稀泥。哪里是姐夫听我话？是两个女人要想拿下一个男人，你反抗了试试？

机智的阿弦我的好友

阿弦加成好友一段时间了。

有些无耻。我的空间对所有人都是开放的。他的，对我限权。想要点进去看看，对不起，你需要申请访问。

不妨碍他对我有求必应。发来一个网址。是个双肩包。"看上那个深藏蓝的了，请帮忙付下款。"你算哪家大爷呀。抛出一句：拿作品来换。"我最近写得还少呀？""确实不少了，要表扬。""那就是了，买买买！"

那边付款毕，这边又发来一网址，桂圆干三袋包邮。问："你要几袋？"答："你看着办。"蹭个包邮，我点了三袋。绝不多买一粒。

你也看出来了。我似乎吃在他手里了。他朝着我：买买买！过一小会儿，一张小脸伸了过来，居然害羞着："这件开衫，我想要。"

好吧。跟他商量，这件品质肯定不行，做工面料都很一般，店铺打分仅有 4.5 分，属于绿一片的那种。买得太差平时根本穿不到。那边答：总买好的，写字时也怕弄脏。

再要说什么，那边发来语音："买买买！"

和先生并排坐着办公。机智的阿弦在他那里也闪动不停。

要参加一个比赛，QQ上求招呢。再过半日，发来图片，我愣在电脑前。他临的帖子，我寄去的毛笔外包装，几毛钱的纸筒子，封住下面的口，朝上竖着，插了一枝粉白杏花，晕。别说，真正几分才情。写我的每天的小诗，下面还配上老树的招牌民国长衫先生。

忍不住表扬几句，那边嘚瑟了，我赶紧捂紧嘴巴。再表扬，估计他又得发网址我了。

前日阿弦开心，新剪的马盖头，一张小白脸素净着，戴了个红领巾，来了个好学生造型。他不是十岁，他十八了。一个大一的学生了。差点喷饭。签名上是：人言落日是天涯，望极天涯不见家。对了。我忽然想起，他的空间怎么对我开放了？

惊喜之下，正待大书特书，阿弦空间终于对我开放了。文章腹稿几日，最近事多，忙得团团乱转，今天坐下泼墨挥毫，忽然见，人家的空间又上了锁。

年初对我的好友进行了几轮清理。亲密度不高的，平时没有任何交集的，天天涎着张脸来我这空间，自己空间还加着密的，统统让他们进了垃圾箱。倒是这个阿弦，稳坐好友榜。空间加密，相当于日记上锁，那个你捧大的，一把屎一把尿都需要你来照顾着的人儿，人家自己翅膀硬了，硬了翅膀就得给日记上锁，想要看到他的马盖头，还得等他哪天一不留神忘记上锁。

从来不着急。你那点破日记哪里就需要上锁了？你那点小心事，哪里就劳我去翻来倒去地思量？去朋友家玩，看到他们儿子的青春日记，随意地丢在桌子上。那会儿的少年心事，这会儿看来，不过是匆匆那年。你若不请，我肯定不会去看。偷乐了。机智的阿弦，如果再发网址给我，一定将他一军："您老人家的空间，能不能对妈咪开放？能，就成交。不能，爱谁谁付款去！"

姐夫席地而坐

很多时候，我们家里人都要窃喜。姐姐嫁给姐夫，算是高攀。

姐姐上过初中，早早回家。家里并不缺她这个劳力，经济也没有困难，只是姐姐自己读着读着，就偏离了轨道。回家并不认真做活，倒是一路玩大了，二十多岁上，父母花六千元钱集资进了小城的一家工厂。

姐夫是这家工厂引进的首批大学生五个之一。

听出差距来了。

初见姐夫时，标准文弱书生。个子不算高，长得瘦弱白净。尤其一双手，一看便是两手不沾阳春水的主儿。也是，弟兄四个，家虽贫寒，父母却懂教育，一路撑着四个孩子全送到大学。虽不是什么名牌，但在当时，很不错了。

姐夫几乎是一路绿灯，就和姐姐到了谈婚论嫁的时刻。爸爸妈妈非常开心，他们算得有钱，姐姐又是长女。姐姐姐夫的婚礼全是爸妈一手操办，姐夫那头的父母只当客人一般，来参加了一下，很省心也很放心。

自此，姐姐姐夫的小日子似乎是灰姑娘嫁给了王子，盛世太平岁月静好起来。

不想，姐姐怀孕之际，厂里便卷起精简下岗之风，旋即又是改制。最初招进大学生的领导又调走了。无比玄妙的人事关系中，姐夫那批五个大学生竟成了首当其冲的精简对象。三个直接离职走人，另一个和姐夫一同下了车间。

很有种虎落平川的感觉。姐夫他们原先在自己岗位，运用所学游刃有余，一旦下到车间，不只是别人嫌弃，连姐姐都感觉到异样。

确实难能胜任极其粗笨、机械的活。别人日复一日年复一年机械熟练得很，姐夫他们从办公室下到车间，头里不知脑里弯，拉下脸来跟人家学，人家嘴角全挂着讥讽，你们不是大学生嘛？这种小学生的活能难倒你们？

一鼻子灰。自己摸索。姐姐并不知情，沉浸在初为人母的幸福之中，突然发现自己的老公，两只书生手，起了满手水泡，红肿骇人。五人中的第四人，于一个深夜，也离开了把他们招进来的工厂，姐夫在那个深夜，绝望得落下了男人的眼泪。别人都可以卷包而走，他已经为人父亲，孩子还在腹中，他比不得别人的任性，又无力于命运的突然打击。姐姐在车间找到姐夫时，倒没有太多难过，只是看着他的那双手，难过得很。

姐夫被姐姐带了回家。

这个家，指我父母的家。

在这个很陌生的地方，姐夫学会了做熏烧。那个来钱快，本钱也小。姐夫学生时候养成了钻劲，用到了这上面，一心无二用，每天做出各式菜等，爸爸用辆嘉陵车，替他拖了出去卖。

只是妈妈难过。

妈妈没有生过儿子。姐夫刚来时，妈妈捧在手心里，疼爱程度早早超过我们。妈妈最受不了的，就是姐夫那双手。熏烧需要用松香沾猪头猪爪，姐夫手忙脚乱，时常会烫伤自己的手。而他竭尽全力手脚并用地忙成一团，不抵我妈轻松过来一小片刻的工作量。我妈并没有多少文化，她隐约觉得，这不是姐夫的阵地。

又是一个深夜，爸爸利用人脉，把姐夫重新送回厂里，姐姐的身边。

横遭此变端的姐夫，再回到工厂时，早不是那个文弱腼腆的大学生了。他已经有了混迹工厂的本领。逐渐从车间洗染工做到了水电工，与当年学的专业总算搭边了。

只是这样的太平，很快也瓦解了。姐夫最初的下车间才是办公室小范围的尝试，很快，他和姐姐双双站到了下岗改制的行列，偌大一个厂，当年红极一时的大厂，说倒就倒了。

这次的下岗大潮中，姐夫有过之前的经历，没有了最初的凄惶，姐姐进了私人工厂，继续她的小工人生涯。姐夫显然不再适宜进任何一家工厂。因为读书姐姐不如他，但在车间做活，姐姐可以几倍于他，私人厂全是多劳多得。

姐夫在两个姨父的带领下，开始卖肉。

说起卖肉，其实都是抬头看人低头剁肉的。姐夫实诚用心，如此察颜观色的活儿，做得很累。我在暑期，常住在姐姐家，带两个娃，我家的，还有姐家的。姐夫白天受了人家的气，回得家来，会觉得自己的儿子特别淘气，常常对着孩子出手就打。姐姐因为习惯了，还没在意，我是个护子如命的人，当下朝着姐夫就拳打脚踢过去。回家告诉妈妈，眼泪直流，妈妈当下骑了自行车，就来找姐夫。能怎么样呢？不过又一通抹泪。舍不得外孙更舍不得女婿。

彼时，先生利用假期，连续两年跑京城读书法研究生。姐夫蛰伏在心底深处的书生情结就此复燃。不与任何人商量，直接扔掉了他的肉摊子，开了一家电器修理的小店。

学校里学的东西，远远不够用了。还好，他不怕吃苦，不怕读书，买来大量相关书籍，小店开始有了起色。

终于又有了转机。姐夫某一日随一朋友去玩，朋友学汽车修理的。朋友没弄起来，一旁的姐夫捣鼓起来了。算是老天开眼，姐夫就此找到了一条相对适合自己的路，多年的摸爬滚打，姐夫怀揣一条名烟，日日缠在师傅身左，忽一日，姐夫换掉所有店招，开始正式修理汽车。

昨日，小儿从学校回来，通知我去接他。匆匆赶往车站，有人唤我，是姐夫。

席地而坐。一身油污的工作服，胖乎乎的，脸上也满是油。两只手在忙个不停，拧什么螺丝呢。最心酸他那双手。不复从前的修长白皙，满身油污手指粗肿皲裂，常年洗不干净，每条裂缝里都塞满黑色。指甲早已看不出来原来的形状，灰指甲加上清洗不净，形状也不复从前了。我那洁净帅朗的姐夫，岁月岂止是把刀？！心下微酸，朝他招呼，呼啸而过。

日子基本已经好过了。姐姐从私人厂里回来，专门辅佐他，做他的下手。儿子也已经上了大学，他们算苦尽甜来。只是去年好端端修车的一个人，穿过马路去收拾工具，直接被人家撞了，四肢断了三肢，修复之后，体力大不如前。修车原本就常要躺在车底下帮着修检，可以站着的时候，多数坐着了。

回头的时候，小儿坐在身后，我们大声隔路唤姐夫，姐夫还坐在地上，朝着我们招手，让去他们家吃饭。摆摆手再次呼啸而过。姐姐电话进，说晚上都来我家吃饭。正等着呢，一会儿，又说不来了。姐夫累了一天，要睡了。不想动弹了。

刚好盐城同学来小城，陪着花海转了半天。当年在学校就走得比较近，姐夫姐姐去学校看我时，把姐夫临时塞进同学宿舍过夜过。同学问，你姐姐姐夫还好吗？

说起姐夫当年，黑西装白衬衣，还有一双白手套，一尘不染。

俱往矣。那个阳光青年，生活中滚爬得一身是泥。人生百态鹰扬九霄是其一，盘旋低飞是其一，敛翅歇息是其一，姐夫摔过、跌过、躺倒过、站立过、飞翔过、低掠过，偶尔，还会像今天我看到的，席地而坐，小憩片刻，即便尘满面鬓如霜，还得振羽、扑翅，随时准备搏击风雨面对人生。

好姑娘光芒万丈

1. 猫

放在第一个写猫，绝对有原因的。

猫从前长得不见得有多漂亮，可是年岁越长，越发魅力起来。

猫是先生送上车的。一袭黑裙，深酒红披肩。小墨镜一撑，妖娆风情。还不能开口说话，一说话，甜得像十八。

她就是十八。

每天里，我们一群中年女人忙得脚不沾地，人家妈妈，妈妈空下来保养，保养空下来健身，健身空下来美食。如兰十指，尖尖地帮儿子剥龙虾。儿子预备高三，时间分分秒秒紧张。我们这边拖地洗碗洗衣活像大妈，人家一个媚眼抛到老公那里，男人就在那个眼光里生生成了中国好男人。

好男人永无翻身之际。

关于婚恋，我的最大课题便是：女人叉腰，不如撒娇。

猫子身上，颠扑不破。

人一多，猫就发嗲。嗲着个声音，说的全是真理。她说，四十岁之前，什么都争过。这个我信。当年，我和她一个学校。我是普师专业，她是幼师专业。听名字就懂了，普师，培养对象便是小学老师，一群只会学习的呆子。幼师，却要求能唱会跳，几乎都是疯子一个。我和她颠了个倒。

她是幼疯子里的呆子，而我，是普呆子里的疯子。我对她再熟悉不过了，当我在舞台上高歌一曲《我想有个家》时，人家在埋头苦学拿奖学金呢。后来毕业，参加中文自考，大专本科直到学士学位。不用说在幼师群里了，放到我们普师里依然屈指可数。

每一个从容笑脸之后必有一段挥汗如雨的时光。中年后的猫，可以一双媚眼抛四方，一句软语酥到骨，那都是拼搏之后积累而成的资本。四十岁之后，尽享美时光。开车打牌喝茶会友玩乐，完了偶尔回来拖个地烧个饭感激地老公像是八辈子没有遇上过女人。

服气。花二十年奋斗，后面的几十年尽可以如我家猫，闲坐一隅顾盼生情摇曳生姿。

2. 卫华

爱死我家卫华了。从前总跟她混一块儿。像说相声的，她白高，我矮瘦。不妨碍我喜欢她。戴着幅茶色墨镜，分明是华侨。华侨是我们可以想得出来对人的最高褒奖。毕业后走散了，这次聚会，大巴上，我坐了面向大家，卫华在第一排，好好地我就不能说句话，只要开口，卫华就笑，含蓄内敛，莞尔一笑。

我是个快意恩仇的人，吃吃一笑呵呵一笑浅浅一笑嘿嘿一笑跟我都无缘。但凡要笑，都是哈哈大笑挤眼坏笑捂嘴偷笑，是夜半的昙花，哗一下就全然绽放了，不管不顾极尽俏丽没有中间状态。卫华的，是夏日茉莉，今天半朵明天半朵，点点沁香入脾入肺。就那个一个文静的人，显然没我能迅速回复早年的状态。一路下来，只是远远地对望，冲着我招牌地轻笑浅笑微笑。拙政园里，她突然走近我："我们来合张影。"内心那朵小花，哄一声灿然开了。搂紧她，偎着她，紧紧地。

那样的一个主子，我们疯成了一团，她就负责远远看着，不停偷笑。回来的路上，服务区停车，卫华拖住我的手进了超市。她要买几个粽子带给儿子。疯了两天，我才想起自己也是个有家有小的半老女人。当即学她，也买了几个揣在包里。卫华年轻时一直想着丁克，玩够了才生了孩子。我们的都上大一了，她家的才七岁。替她开心，那样飘在半空的女子，终于站到泥地上了。

3. 娜娜

娜娜是我和君才给她取的名儿。那时，班上有三个城里姑娘，两个早早转走，娜娜是唯一坚持到毕业的。娜娜真名叫小潘子。别说，城里姑娘就是不一样。小潘子传爸爸的身材，高挑苗条。妈妈又特别会装扮她。一件豆沙红一件橄榄灰绿的粗棒针衫，轮番上身。

听我描述的颜色，就知道她来自城里了。

我妈也替我们买新衣。一个桃红一个翠绿。而小潘妞的那两个色显然柔和得多也文艺得多。那两个色，待我们一路诗书吟诵下来，才知道选如此洋气协调的色调。所以，初中女生合照，小潘子就那件橄榄灰绿毛衣，往我们中间一蹲，我们家先生一看就指着说：这个姑娘气质好。

接着说这次的事。小潘子让我们这群女生发疯，因为人家本是城里人却从来没有认为自己是城里人。宿舍里打成一片任由欺负。当然她那张利嘴，少有人欺负得到她。那么鹤立鸡群的一个人，当然是无数男人的梦中情人啦。然后便有我们的小聚，班上款爷酒大了，拉着她跳舞，我们就打趣，君说，瑛又有写作素材了。我投降，不敢写，怕挨打。君说，就写成娜娜。这边还没交涉好，小潘子就上线了："怎么就成娜娜啦？"

当下哄堂大笑。三十年相识，中途从没消息，再回首都已经是半老的熟男熟女了，再多的朦胧懵懂都可以付之一笑了。娜娜有些郁闷，太多的暗恋吃不消，那边男生还没搞定，这边女生群里又炸开锅了，女童鞋们纷纷表白，小潘子一下子脸嫩，不知道怎么接话才是，倒是猫，兵来将挡水来土掩落落大方："都来喜欢我好了！反正我来者不拒！"

4. 郝老师

郝老师占尽了姓的光。一条街上，谁都叫她郝老师。常跟她混一起，我有些促狭："咱俩来同一个造型？"郝老师吓坏了："那怎么走得出去！"哈哈大笑。彼时我俩在同一个学校，我天天背着个电脑，稀奇古怪的行头一天一身，里长外短的。郝老师不要说穿，看着就够惊心的了。

我和她家靠在一起，长得也极相像，相同的身高相似的体形，除此而外的一切，都极相反。她是那种传统贤惠的宜家女子。穿件棉衣，都记得套上护袖的。而我的大冬天，基本都是白色棉衣，白羽绒服白棉袄白皮草。然后便是补丁衣服割破牛仔。我再要跟她备一样的行头，纯良的郝老师吓就吓坏了。

跟她同学时间最长，初中三年师范一年。跟她是最佳搭档。似乎生来就不会家务，住宿后更是难能自理。家里拖来米袋，往她床下一放，淘米洗饭盒打饭打汤全成了她的事。师范以后，大病一场，这下更好了，连衣服都被她包干了去。朋友最讲究互补，很多时候，我的性格更接近男人，大而化之风风火火，而我的红，正好可以站在我的身后，絮絮叨叨琐琐碎碎。我乖的时候会听话，听话就会有好处，红就会欣喜："看看，还好我说的。"偶尔背着她不乖，不肯好好听话，不听话就会惹出祸端，这下又有数落："早就说你了……"吓得逃跑。

一块聚餐扁着个筷子吃得正欢呢，郝老师眼斜过来了："这个人胆囊不好还吃蛋黄……"一口蛋黄不上不下哎呀我的个小妈，不敢不敢偷吃了。郝老师朝着我看，我的筷子又伸向毛鱼了，这下嗓门都高了："那个更不能吃！"哎呀我的好老师哪，还有什么我能吃的？

八月又有相约，去苏城扫街，专看棉麻和真丝。去哪也不能把她丢下："把我的郝老师捎上，我要照我的规格来装扮她！"郝老师吓坏了，连连投降："我看，行不？就不要让我穿了！"想象中我的郝老师一袭盘扣东北老花布背心，一条黑色亚麻补丁阔腿裤，会不会学生没倒下，她自个儿先吓倒？

5. 如英

如英的从前，很有些公主脾气。三句话不到头就生气。生气不跟我们生，跟男神生。男神从前就宠着女生，如英一生气，男神就得差着我们四下找寻了。如英长得漂亮，也知道打扮自己。原本就肤如凝脂，偏生还懂用洗面奶，越发白得诱人。我睡她上床，很多时候想着捏她小胖脸一下下。

再见面时，人家已经是两个娃的妈妈了。最可爱是二娃。每有聚会，他跑得比妈还快。夹在我们一群老女人中间，乐成小花一朵。两个娃的妈妈，平添了很多中年女人的从容自信与风情。最重要的是，已经是那个上好的紫砂壶，岁月的历练中褪去了所有火气，温润如玉。一群半老女人，见着了便大呼小叫，直嚷着：胖了胖了不能望了。如英前几天刚在单位参加排涝晒得黑黑的，倒是她应该懊恼几句的，却没有。只在笑着：不管胖瘦美丑姐妹们聚到一块儿就是开心。

刮目相看了，从前的娇小姐终于修炼成佛，自己的佛，羽化成仙宠辱不惊。跟她先生很熟了，毫不避讳地表扬："你从前在家，被爸妈宠得，多少有点难伺候。这会儿倒是先生，让你变了很多。"她也笑。我总喜欢说，婚姻是个云梯，如英的，便是。顺着那个梯，那样一个骄纵的小公主，终于也懂进退也知礼让，直至在我们这群人中，跳了出来。

6. 正玲

那么瘦长小巧的一个人，突然大了整整一圈。打击到她了，根本没有认出来她。她的从前，短发，极瘦，一笑起来两个小糯米酒窝。酒窝也有讲究的。从前人家嫁女，论酒窝收彩礼，一个多少钱。后来不兴这个了，酒窝又是美人的象征。酒窝还有讲究。一种是大大的，笑起来脸颊陷进去半深的，那个夸张了，先声夺人，是六月的荷，上来就压倒一切的姿势出现的。那算不得极美。极美的是正玲那样的，小糯米酒窝。这个有写头。一笑起来，仅糯米粒那般大，若隐若现的，如不留意，还会错过的。可是再一定睛再难略过。那是窗台的茉莉，已经走过去了，还是被它的花香吸引得再次回头。

好。还是说正玲。那时班上分四派。男走读生，男住宿生。女住宿生，女走读生。正玲是女走读生。走读生一放学就回家了。而住宿生吃一起睡一起，下了晚自习还有长长的卧谈会。所以，接触明显多相处也明显多。对正玲的印象就停留在成绩挺好，人很腼腆。其他印象不深了。

这次相见颇多感慨。我们这个班共同特别，一点不矫情。时隔多年依然不改。咱们的君、锦凤、艳儿算是走出去了，还跟从前一样。正玲和我们中间二十多年从没见过，却丝毫没有陌生感，根本没有做作忸怩，坐我们床前，直接嫌弃自己胖了。这活我熟。每有需要，我就把自己拉出来减肥，屡试不爽想减几斤减几斤。"上身衣服要穿雪纺聚酯纤维一类的悬垂感的料子。然后减肥，一定要当件事情去做。和你的上班绣十字绣烧饭做家务一样，要每天当件事去做。如若这样，没有不成功的。"我在怂恿她。

不过，有好处。那个皮肤吹弹可破。还有特别好相处。还有睡眠特别好。回程的路上，我们还在疯，我的嗓子都不怎么说得出话了，不说话，改成表演，一条破裤，车厢里窜前窜后。正玲却无视美女的存在，微微仰着头闭着眼，睡着了。想挠她痒痒的搅她清梦的，到底没忍下手。

7. 扒出来

蕾儿小美人一只。初进校门时，特别喜欢朝她看。我们才是初春的麦苗，还没发棵呢，她就俨然一个大姑娘了。体育特长生招进来的，体育课时更喜欢眼不错珠地朝她看。后来不知道怎么会安排双人床了。下一届的小丫头同她睡。两人都是海门人，两个人好得合一根骨头。小丫头唤她：扒出来（樊春蕾）！哈哈大笑。好好一个名字，差点成爬出来了。不过蕾儿答应得挺欢。蕾儿妈妈就是教师，情商颇高，一班女生无一不爱她的。

有段时间，记不得怎么就跟她混到了一起。跟她混到一起不容易的，因为身高的原因，座位基本都是定下来的，我们个头矮小地坐在前排一坐就是几年，前排的，大多在老师眼皮底下，想要搞点小动作都跟特务似的。而中后排相对便捷得多，小动作也多去了，所以中后排的玩得更铁些。蕾儿一直在中排，我们在前排，不知道哪个偶然机会，咱俩就一起混了。彼时我正疯狂地爱上竹子，现在想来那就是文艺的最初萌芽。拖着蕾儿去垃圾堆捡。那是我俩的秘密。是那种锈坏壳的老式暖水瓶，上有竹影婆娑，剪下那样的破片，宝贝一般珍藏……

毕业后两人居然又去了同一学校。后来分配了，几经辗转，两人又到了同一小镇上工作。听得最多的是对她的赞誉。人缘好。超好。跟婆婆常常同一造型出场，和妯娌几天不见还会想念。最让我感怀的，是她这个妈妈当得特别合格。我们两口子双双跳出来搞培训。丫头一路跟着我学英语书法。其实小人儿够忙够苦，这两样之外还有钢琴的。可是蕾儿坚持，寒来暑往的，一定相陪。每次总表扬，蕾儿直截了当："其实孩子坚持都是假的，大人坚持了才是真的。"一语道破天机，我们见惯了家长走马灯式的换兴趣换老师换爱好，最终一事无成。而丫头高考后还肯埋头在家练字，蕾儿这娘当得真正满分了。

蕾儿听说我写文，有些小激动，想看看同学眼里的她是什么样的。喜欢用花喻人。她是那株蜀葵，好养易活热烈蓬勃又特别家常，有人烟的地方就有蜀葵的存在。我的衣服，柜满为患。有一件一直珍藏，就是蕾儿送我的手织毛线背心。大红色，极小极贴身。每个冬日我都会翻出来，端详一番，然后上身，瞬间，暖意横生。

8. 冬梅

冬梅算我们中的小美人。爸爸是税所领导。妈妈是美发的。班上她穿得最好看，妈妈会装扮她。最让我们艳羡的是她家的亲戚，七大姑八大姨曲里拐弯的都是街上人。我们来自农村，家里走动的，清一色的农村人。看到咱们校长大人就是她的姑父，吓得我们舌头都伸不直了。最爱她一双小脚。特别像从前裹过的三寸金莲，极瘦极小足弓特别高。偏偏她妈还帮她觅得一双极小的棕色小高鞋，嗒嗒嗒，清音一路脆响阵阵，走起路来好看又好听。

一双舌头永远伸不直，说话娇嗔爱痴黏黏糊糊。最爱听她说话，喜欢加个后缀呀呀。尤其读英语，刚出锅的糯米粥一般扯起来都看到一丝丝一缕缕地连着。怕是因为这个原因，几年一直是英语课代表。初二时极有趣，英语老师就够漂亮了，英语课代表又这么漂亮，每天就盼着英语课呢。

冬梅去交作业本。英语老师长得漂亮，甜得噎人，每天一身不同样的衣服，看得我们眼花缭乱。说交作业本的事。冬梅去了。再过来时，我们都伸长了脖子等她回音，看老师有没有什么特别举动。就见冬梅拍着个心口吐着舌头进来了。早被我们围成了一圈。"吓（音赫）煞了！"冬梅一急，海门话脱口而出："进去了，啥也没说，放下本子想着离开的，老师突然喊住了我，朝着我笑嘻嘻的，身上的衣服能换下来洗了。"我们哄地乐了。冬梅穿的是件豆沙红粗棒针衫。班上只有她和小潘子有。那个不比其他衣服，又粗又重，自己根本没有办法清洗。冬梅感觉特别不好意思，围听的人们却听出了另样的关心来。英语老师自己没有孩子，生得又极高冷，平日里跟老师之间的交流也极少，这次跟冬梅之间的对话，生生让我们听出无限的母性和温情。

冬梅后来成家稍晚，孩子生得也晚。再遇时，已经一个标准小妈妈了。却很放心她的日子，说一段家事："婆婆很少带宝宝。偶尔带，我也很感念，她并没有这个义务。她是帮我带的。"知道她幸福的秘诀了。什么时候，都不要把别人对你的相帮，当成是理所应当。

9. 海燕

海燕初二时转来，和冬梅形影不离。妈妈手巧，织得一件毛衣。紫色和白色镶嵌，并不是普通的横条纹或者竖条纹，是那种菱形与方块的间杂，颇具功力。海燕算得小美人胚子，肤白牙齿极整齐，特别爱笑，吃吃而笑花枝微颤一排牙齿显露无遗。海燕跟我很熟了，家在一个农场，妈妈和我爸爸又是同一个小村的。真正接触还是成年之后。彼时我们办了个培训班，两个人都忙。海燕送儿子到我这儿学英语，附着我的耳朵问："你那个一同教书法的，可不可以通融一下，让他收下我儿子？"我哈哈大笑："那是我老公。"海燕急了："都不早告诉我？害我被拒绝两期了！"偶的个姐姐也，当初我择婿嫁人你们帮着把关没？那时先生上班再带班，人数过多，不熟悉的都婉拒了。海燕被关门外两回了。

之后接触就多了。熟悉她，熟悉她先生，更熟悉她的儿子。海燕爸妈都已退休，一日三餐煮好盛好伺候海燕家姊妹两家六口。再见海燕时，就在嚷着要减肥。笑，哪一片肉肉不是幸福和快乐堆砌而成的？那个时候，我一天十小时的课，从早到晚，嗓子哑了晚上吊水，刚能发出点声音，一天下来又说不出话了。三餐有两餐是叫的外卖，你倒是也肥了试试？儿子也可爱，告诉我海燕在减肥，说自己的苦恼："我从来不敢知道体重。老师，有办法么？"乐了，海燕再来接儿子时命令她："从妈妈家独立出去！自己做饭自己家务，自己减肥儿子也能静心学习！"

一晃几年下来了，我的海燕还是那样的小美人胚子，我们华发早生笑纹密布人家还是出水芙蓉一朵。人生最大烦恼，还是那堆肉肉。

如果某一日，不管是谁，追求与烦恼也只有某一点时，幸福就会简单澄明得多。

如此算来，我家海燕最早跨上幸福之舟的。

10. 茜

茜是南阳街上的。就在学校南岸。

当时小街，在我们心目中尤其神圣。一有书店。营业员站里面，得了老师指点，居然知道买一本庞中华的钢笔字帖。得了字帖，揣在怀里百般珍爱。二有好吃的。麻团米饼脆饼风棠糕，一溜排子。两毛钱可以买四个米饼，一顿早饭管饱了。三是有茜。茜的一家，我都熟悉。这个熟悉是单向的。因为关注。爸妈哥姐，如数家珍。茜一头黄发，在当年，颇受关注，都说像外国人。偏偏喜欢扎得歪在一边，马尾高高捧起，不是正当中束成一把，而是突然歪向一边，配上她瘦高的个子，羚羊一般轻盈俏皮。茜自然不需要住宿，接触便少得多。

这次相聚，她差不多是最后被我们捞出来的。一群人逶迤拖沓浩浩荡荡赶往君家，君是大长腿火性子，走在头一个，茜和君并排。我们紧跟其后，后面还有一群女人，要命了，在研究太阳大呢要不要带把伞，带吧，难拿，不带吧，怕晒化。几经商量，君和茜在前面已经没有影子了。慌得我们在中间的朝前面叫："快等等后面的，要不，她们都不知道往哪里拐弯？"茜叫着："还得了！要是我的工人，哪容得这么拖拉？"

回到车厢，就听她说话，蹦豆子似的，说自己去美国的经历："自己要去的。一切都是自己打理。像是部队，说一不二。某一日睡过了，过了就过了，没有谁去叫醒你。后来一宿舍的人，没地方去，就近乱逛了一天。"正是那段经历，茜比我们人成熟也能干得多。"带工人出来，还有亲友家属的，编成几个小队，各人留意自己的前后左右，说好时间集中，一到时间说走就走。根本不等的。"

哈哈。我们的小妈妈。我是个自由主义者，正好坐在茜的对面，刚捏起一个葡萄进口，茜就叫了："马上都吃饭了，这个时候吃零食往哪里去？"幸好是个葡萄，被吓得一口就吞了进去，偷瞧了她一眼，抿了半口水，再怕挨训，这下她笑了："灌得一肚子水真不想吃饭了？"

11. 丁丁

丁丁中学时的理想，是当一名警官。头发短短黑黑的，拍照时换上警服戴上警帽，飒爽英姿。留言时，要我们都唤她欧阳正德。小警官后来去了建筑工程学校，八竿子打不到一处去的专业了。丁丁理科特别好，几成奇迹，却不妨碍她和我走得最近。中专时，学校和她相距不远，两人常混到一起。我从来没有过人生规划，也没有流露过自己对写作的渴望。丁丁却在我生日那天，带来两盘磁带。一盘汪国真，一盘三毛。那时并不知道好好利用这个资源，倒是毕业后分配到一个偏远小镇，两盘磁带陪我度过了生命中最难的时光。三毛的早被同事顺走了，留下汪国真的，没事的时候，就拿出来听。每每参加重大的朗诵演讲比赛就会拿出来听。觉得那是丁丁对我的一份懂。

后来我进得城来，丁丁、我、清，三人成了固定组合，一起逛街一起吃饭谈家事谈孩子，成了生命中最重要的组成部分。丁丁生性要好，极深的完美主义情结。养花，最初受我影响。那时，她住的别墅，养得一叶兰，上面布满蚧壳虫。小虫我没办法，却帮她上上下下一通灌水。那是我才学来的浇水方法。之后一同逛过几次花市，后来我做了淘宝，再没空弄那些了。丁丁骑行之后，突然转过来养花。一养便成极致。钻进花群，淘得专业花器。最厉害的便是自播草花。器具齐全，播下的还插上标签。养得花来，我和清都有份。只是我一路太忙，每每总有本领把她送来的花，养瘦或者养死。

建得群来，丁丁不爱多说话，偏偏我是个话多的主儿。她每天清晨，在我和清跟前晒晒她的欧月，每款都叫得出洋名儿。我顺手就拎到群里晒了。晒也不避嫌，直接把丁丁的美人照也晒上去了，群里童鞋才呼上当，原来晒了半天的，是人家丁丁的，人家丁丁自己不会晒？

嘿："她的就是我的，我的还是我的。"厚颜无耻说完下线。我家丁丁则习惯性地浅笑不语，一任我们闹成一团。深懂，却不参与。纵容，却不同流。

12. 清

清是个小学霸。一张娃娃脸，到老也粉嫩。小学霸两耳不闻窗外事，当年我们在宿舍闹成一锅粥，她就可以如老僧入定，睡自己的觉，做自己的事。并不见她比其他人多花时间，应该归结于正确的学习方法：拿得起放得下，该学时学，该玩时玩。后来以最高分考去了南京学医。还记得前年姐姐家对门，女儿考得本博连读，也是学医的。我的文友叔叔当时就说：这孩子能造福一方了。

觉得这个评价，用在清的身上最合适不过。我老爸年初牙疼。牙疼，清医院的牙科医生咱早就熟了，直接找人家就是了。老爸却不肯，非要清陪着。他对清是又爱又怕。几年了，为个喝酒，进出清的医院多次了。清和我一样严厉："再不戒酒就不许帮他看病了！"清的同事吐舌，清一直温文尔雅，尤其对病人更是柔情似水，哪里来的老病人，惹得清能粗声大嗓？

不亏我的好姐妹。还真管用，老爸再有嘴馋想来一口老酒试试时，不免心虚地问："清会不会骂？"

某日我小恙，找清陪着。巧遇我大姨父看腿。清在我拿药的档子，陪着大姨父上上下下找医生。然后还没停歇，又有人来找，自己村里的。不多时，清看时间，自己的婆婆约着看牙的时间差不多到了。感叹。估计是难得一天没有熟人朋友来找着看病的。群里面一群姐妹，话聊着聊着，突然点将三个学医的，其中又有清，三姨娘六舅姆公公婆婆爸爸妈妈这个腿有病那个胳膊不灵光。一晃大多人到中年自己又有各式毛病了。小学霸气定神闲，条分缕析都能一一指点到位。近来养花技艺大增，每日里晒小洋晒钱钱，蓬勃好看。转了几篇我们聚会文，她加注的几句话格外生辉。

南中三剑客，清老公的戏语，丁丁养花我写文，夹我们中间，这家伙能文会花。近来她的一番话，惹得我又失眠了："我是学习的时候，一心一意享受学习。现在工作了，心无旁骛享受工作。"

天！

倒抽一口冷气，她不霸，谁霸？她是十足的生活霸了。

13. 我

我是那个可以游走在学霸和学渣之间的。都看出来了，我的精力多半用于记这些鸡毛蒜皮的东西。初中时，一件红黑格子褂子走天下。那是我最破旧的上衣。很多同学记忆中就是我那件旧格子上衣。

我后来才有勇气告诉大家秘密，那个时候，我为新衣自卑。妈妈特别喜欢替我们买新衣。又逢日子刚刚好过，更是一身、一身又一身。但那时我觉得，只有不爱学习的人才会热衷打扮才会穿戴一新。恰逢成绩下滑了，更是把责任推到新衣上。正是那样微妙善变的少女心，才把自己裹在一件格子旧衣里，从那里得到安慰。这也算是与常人不一样的青葱时光了。

说现在。中午吃饭，家中一大一小两个男人吃得极慢。我吃饱了，捧着本书倚着床头，一段中午惬意时光正待开启，看一小会儿书自然入眠，我比较享受这段时光。忽然老公扬声唤："桌上碗怎么办？我收还是你收呀？"忙不迭地应着："我收我收！"翻身上床趿拉着拖鞋麻利地过来了。

两个男人顺势起身，儿子捧手机，老公捧着书倚到床头，翻几页就可以入睡的。我一边洗碗，一边换小龟的水。一边把厨房的几株花草换水打理。待得清洗完毕，蹑手蹑脚走到床边，那人已经起了微微的呼声。

不是自己特别乖巧勤快，也不是自己特别贤惠懂事。只是我比别人，更懂妥协。

一小时的样子，两个男人相继醒来。醒来后的他们，像是浇足水的绿植，精神抖擞，不用安排，两个男人各霸一张桌子，埋头写字。一埋头就是几个小时。

特别爱在女生群里说话。在那里，我们可以回到最本真的角色。去掉所有身上的光环，你不过是一个妻，一个母亲，一个女儿，一个媳妇。而我们每天津津乐道乐此不疲的，也不过是这些角色的转换。可以逢源左右的，就能笑对生活。

14. 海云

海云和我家隔一条小河。初一报道那天，我穿了一条紫色新裤子，海云是条酒红的。两人骑行十多里路，兴奋坏了，一路有说不完的话。从小村里考上这所中学，我们班就我和她两个女生。她们家哥姐颇多，且父母年岁大了，每每去她家，都能得着祖父母辈的疼爱。所以最爱的便是去她家结伴上学了。

后来我们家搬走，我成了住宿生。每每天寒或者雨雪天，海云便跟我挤在一床。女生原来爱说话，再挤在一块儿，我俩就差闹翻天了。被老师训话过几趟之后，她不敢轻易留下，我也不敢轻易挽留。会特别想念她妈妈熬的酱。瘦肉茶干切成丁，加花生米，和进手工做成的新酱里，熬成糊糊，撒上炒熟的芝麻，撒上切碎的葱末，一群馋虫呼啦向酱围拢来，海云则成了最可遗忘的那人。

多年以后，海云电话里找到我，隔着无形的话线，我都能闻到扑鼻而来的酱香。海云耿耿着我这么多年的消失不见，并不打算饶过我："不知道你还记不得我们从前一起上学？还记不记得那两间小屋里的两位老人？"哈哈，屋小不赖我呀。老人也不是我爸妈。贫嘴归贫嘴，还是眼湿了。

记得当时年纪小

你爱谈天我爱笑

我们不知怎样睡着了

梦里花落知多少

……

我有一帘幽梦，从来与她能共。前日太阳颇毒，我们在群里聊得正欢，君说：也不知海云哪里去了，把她喊上来歇一下。想到她就想起我娘……

一席话差点逼出我的眼泪来。当年的我们，陆续跳出了农门。我的父母也被接进城来，土里扒食，我已经忘光了。偶尔去一回婆婆家，却是大呼小叫地只顾着赏菜花啃嫩玉米。当下找海云私聊，并不肯好好说话，待你我花甲，携手乡村安家。那是无数闲得骚包的城里人的文字游戏。而我更喜欢我家海云心态，出得田地入得微信，贴出一幅图，让我们一群半老女人开心了几天。自家男人，一条三角大红短裤，脸上晒得黝黑，身上却格外白胖。手持一柄叉，叉上一条大鱼，足有半人高。"眼瞎了，撞上男人的鱼叉。"海云吃吃笑着，女人们蠢蠢欲动商量着开车相约去海云家吃瞎眼鱼。

不免欣慰，我家地主婆，到底是幸福快乐的。当然，这是因为她，特别知足。

所以格外常乐。

15. 文艳

文艳聚会时一曲《篱笆女人和狗》，艳惊四座。唯有我不意外。一直

118

知道她，虽然她够内敛，但还是掩不住的光芒四射。

初识是六年级时的全乡三好学生春游。艳是一个。君是一个。我是一个。艳一双小手成功博得我的关注。特别白嫩水灵。再配一件乳黄开丝米上衣，真正吹弹得破了。后来我们都如愿考进这所重点中学，又巧在一班，真正幸运。只是后来艳进了中学，家离得远，借居奶奶家诸多不便，成绩反倒不显山不露水了。幸得艳家姑父颇有眼光，把她招进幼师班。这一步真正走对了。艳的才华，一下子得以展示。那副歌喉，更是惊为天人。颇像田震。是那个钝器，并不见得有多锋芒毕现的，忽然振喉一歌便有如天籁，再难忘记的浑厚深沉又能百转千回。

我这段文字并不好。说不定激发得我家艳儿重出江湖，家中两个男人又一番折腾的。

是这样的。艳儿工作后特别出色。然后成家比我们都晚，后来随着老公搬到外省，便安心当了家庭主妇。新型家庭主妇绝对刮目相看，再相聚时，艳是最水灵粉嫩的一个。每日里忙着健身护理厨艺茶艺驴行忙煞艳儿了。回群里忽然感慨，早知道在家带娃，真搞不懂要那一堆证书干嘛的？

当然不一样。高知母亲培养出来的娃，能一样？人家山口百惠那么名满天下的，不是还待在家里带娃的？好女人影响三代，一堆证书撑起的母亲品格，岂是常人能比？近日艳儿又贴美图：吃货加理财，母子俩在家，外卖便是天堂，七元一份加多宝外加荤素齐全的盒饭，还要怎么好？估计又是美团什么的了。有闲折腾日子能不生花？

16. 霞

霞有多美呢？闭月羞花。那时，她和猫、海萍一块儿幼师培训。歌倒没听她唱过。看她跳舞。《阿里山的姑娘》。猫长处在唱歌，海萍身材占了优势。唯有霞不同。跳舞显真功，举手投足里别有一股韵味。霞也是小街的，走读，因为突击跳舞，常来我们宿舍，跳了给大家提意见。能提出什么意见呀，只是艳羡得不行。我们的童年缺歌少舞，整个初中时代，就没有一个人知道我会唱歌，舞蹈更不要谈，就记得那个动作：高山青涧水蓝，歌声中，左右脚交替后退，两手胸前轮换手背对手背，一嗒嗒嗒二嗒嗒嗒嗒，足尖轻点手翻如花，霞成了雾霭中盛开的莲，看不真切却又想努力看得真切。后来师范有了空闲，我第一件事情就是磨得同学学会了这个舞蹈，多年后，我可以领着我们一群孩子翩翩起舞时，恍然中，我一直把自己当成霞。

霞后来并没有做老师。嫁得中学的老师。并不高攀。就她那样的长相，啥样的男人嫁不得？

后来我和她都进了城。她卖床上用品。她的店，是我最乐意的去处。每有工作变换，就会到她那里去小坐，买些东西，顺带说说话。后来我做淘宝，学到霞不少东西。比如，熟人中的买卖。每次去，看到喜欢的，大呼小叫拿了就走，从不询价，而我的霞，值当我的依赖，从来都是物超所值。去年底，我的围巾店全面清仓，来的全是我的熟人朋友。几天下来，嘴上起了一排燎泡，但我时刻以霞为榜样，来的都是真心捧场替我解围的，价格低到不能再低，还会另加赠送。送不是因为挣钱，是因为感念，感念这一份情意。

送书去她的店铺。看到门市转让的信息。立马来劲了，不舍得她盘掉经营十多年的店铺。打开微信，直接让她微信经营。小城里很多小丫头，卖衣服——从批发市场拿货到家，一边上架一边拍照，手机拍照便捷得很，很多时候，货还没来得及摆放好，就被客人订走了。只需在下面回复评论，然后红包一点，就成交了。

"你只要加一个送货上门的业务，店就活了！"说话间，我已经帮霞拍照上传了。不过，很能理解她的心情，在一行恨一行，十几年的交易做够了也是正常。只是我们多年同学如姐妹了，我愿意她收手在红火风光之时，而不是现在惨淡时光。

霞穿着苏城淘来的白裙，吊带内衬，同色蕾丝外搭，干练洁净。朝她挤眼，等着她的下一个时来运转春暖花开。

17. 周周

周周初三时转来。古典美人一个。极白、极瘦高。也极漂亮。一件米色乔其纱上衣，记不得配的什么裤子了。那个时候，我们的审美里有桃红柳绿，后来才加了个素白。米色实在是很洋气很文艺的一个色了。她不和我们一起吃。她有一个小叔叔，就在学校后勤。她和小叔叔一起吃。这就多出优越来了，让我们很是羡慕。

睡在我的下床，那个学习劲，暗叹不如。那时我们已经懂看书了。言情小说《窗外》。一本书一支电筒，从一个被窝转移到另一个被窝。看得如痴如醉欲罢不能。并不能十分读懂那个情节，后来我又从姐姐处得了琼瑶的《燃烧吧，火鸟》。这下好了，熬夜仅限于看小说书。周周不同，周周只看学习的书。无数次我从小说书里抬首，看到周周还在啃数理化，羞得立刻关闭电筒，觉觉。

花香惹蝶飞。人美就有烦恼。周周讨人喜欢。现在想来，周周和猫讨人喜欢，一点不奇怪。就算现在，她们站在我们一群里，还是最有女人味。我们说话都是扔炸弹，自己爽利别人听了也干脆。周周声音却嘤嘤咛咛。就记得有一次她为考砸了，在宿舍里哭得梨花带雨，那个声音，像一根极细的线，扯在半空，稍不留神断了一截，再一扯起，就又接上。真正急人，如若是我，号啕出声跺脚抹泪，直叫一个痛快。

后来有过一次相聚，周周没能参加。去镇江了。因为公婆身体而去。这班同学里，好媳妇特别多。做好女儿是天性，做好媳妇才是修为。奔波忙碌毫无怨言。这会儿又是女儿的事了，群里找做高中老师的大仙私聊，叹服。女人味不是表面两声嗲言嗲语外表一副如花似玉，是要我们周周这样的，尽心尽职尽力周遭一片因她而起的芬芳。

18. 锦凤

跟锦凤同桌。一张嘴唇，薄得像纸。薄嘴都会说，小嘴一张哇啦哇啦，东家长西家短。说爸爸。爸爸是村长。却极会过日子。一辆自行车，擦得照得见人影。暴雨袭来。爸爸措手不及。并不舍得骑车，车架在脖子上，裤管卷得高高，一路扛到家。说妈妈。妈妈极腼腆，未语脸先红，家里来个人，忙着把锦凤朝前推。说好姑。姑姑便是姑姑了，加个好字，听得无限的娇憨来。也是，我们那一班孩子，似乎都很幸福。别的班上都有少了爸妈的，我们这群人，特别齐全。

锦凤后来去读了高中。最有趣的是一段和丁丁妈妈的对话。那年我们中专，锦凤没有考上。锦凤妈妈问丁丁："我们家锦凤怎么办呢？"几年后，锦凤读了大学，丁丁妈妈问锦凤："我们家丁丁怎么办呢？"

乐坏了。可是替她高兴的同时，也分外心疼她。好好一个人，考成了七十多斤。细胳膊细腿，真正折磨人。我们在成长的路上，半路折断也少了摧残。中专的日子，那是打翻的魔盒，无尽玩乐和懒散。

会说的人到底会说。锦凤近来又给我添乐子。说家里一大一小两个男人，爱看我每天贴出的小文字。有表扬总是幸福的。微信公众平台，每天一做就是数条，吆喝着我的姐姐妹妹帮着分享转发，每次都有锦凤家的席总，点赞再加点评。锦凤发来儿子的小照，真正帅极。有时是书法作品，有时是埋头拉大提琴。替儿子庆幸，这样的成长，不加拘束不加修剪，有的是阳光牵引，锦凤真正睿智！

说话倒不如从前多了。因为方言的掺杂。锦凤分配之后就去了镇江，在故乡和他乡生活的时间差不多。两地方言不免混杂凌乱。忽一日，群里迸出一句：梦里都想回家。

泪湿了。我们生于斯长于斯的，又怎能理解锦凤的这份念想？还好还好，家里的我们都张着手臂，随时等着拥她入怀的。

19. 君

君的身高，一米七，估计小学时就达到一米六八了。骨架又特别大，明明跟我们一同春游，生生被当成了老师。就记得她冲在队伍的前面，很好奇很善问。一路和老师并排。直到初一时，她和我进了同一个教室，才如梦初醒，那人只是我的同学，不是我的老师。

君都记得呢。学校一条小河，河岸上太阳一晒暖意融融，她和我拿了书摊在面前，看书的时候少，说话的时间多。每每惊觉时间过得太快，抓起书撒丫子就跑。君的腿长多了，却总跑不赢。现在想来，未必是跑不过，有意相让吧？

带她到我的家。爸妈都不在家。家中的小楼，君和我们挤在一床。并不吃生。大姨父来做客，君和他相聊甚欢。大姨父啧啧称奇。初二，我终于可以住宿了。最兴奋的就是君了，一个箭步冲出来，夺过我爸手里的皮箱，忙着帮我支蚊帐，领着我去买饭菜票。搞得老爸这么多年，就记住了我一个同学，就是：那个高高个子，热情爽朗的姑娘。

爹，那是因为你女儿是人家的初恋，能不热情嘛。君说我是她的初恋，偷乐。中学时，我们班主任管教甚严，男女生不许讲话。倒是省了不少烦恼，时间省下来了直接和同性死去活来天崩地裂。

君个头大性格直爽人也单纯。我母鸡护雏似的，护在她左右。能不愁吗？找对象。居然同意对象辞职去读大学。那可是美术专业，艺术家的摇篮。见过对象一次，我更愁了。很想用一种植物来形容对象。狗骨树。乡俗里年年都要蒸年糕的。年糕模子，便是一种狗骨树做成。木质特别紧实，非它不可。狗骨树只消看一眼，就很难忘。枝干虬曲盘根错节，干成月白色，却有绿叶遍身，叶青茎白道骨仙风，对象便是那样一个精致的主儿。而我家的君，大大咧咧，直像那根落地生根的富贵竹，怎么看都是个粗使丫头。然后我就成了那个逼婚的主儿，只要我俩一起，我就耳提面命，命令我的君，应该如何如何看牢她的对象。

不得不叹的是，呆人就有呆福，就我家君那么放养着的对象，竟然七年修得正果，功德圆满了。后来君便被提拔到苏州，经历的醒水重新拔节生长，我竟错过了。再次相遇时，我的君，又一次蓊郁葱茏了。

在车上，语文老师说："问一句不该问的话，你们当中有离异的吗？"环顾整个车厢，还真没有。我们当中，漂亮成什么样儿的，没有。就被我说成美人的，顶多算中人之姿。可就是这样的一群女生，遇强示弱，遇弱自强，重新相遇，一群女人疯癫如常，脱却家里母亲妻子的那层皮，重回天真烂漫少女时光。这不是玩的穿越，也没有什么特效药。都说幸福的女人，倒着长。还真是，说好端端正正地来张合照的，一群人站在乱石之间，高低参差，面容祥和，拍照的唤，一、二！只等定格成像了，后面不知谁扯着我的长发，飞到了半空中，后面哄堂大笑。镜头里的我们，大笑哈哈，花舞叶乱。

却有丝丝光芒，辉映万丈。

仰望星空

哥哥的当年，有意不通过师范的面试的。

当年，能从农门跳出，中专是条捷径。我们中学七个同学收到师范面试通知。面试项目是唱一首歌，读一段文，跑一程路。

天气颇热。父母大忙，老家婶婶看着我，说："换件鲜亮的衣服去面试吧。"婶婶不好意思明说，我的形象实在堪忧啊。还是听从婶婶的建议，换了件淡黄上装，黑色长裤过去了。七个同学，唯有哥哥有父亲陪来的。哥哥的父亲，见着我们一脸笑，替我们每个人去买了一瓶汽水。那个年代，那瓶汽水很奢侈了。面试是按顺序进行的。我和红一块儿，很有些不安。因为排队的过程很煎熬。队伍在往前移，哥哥排在我们前面，他突然蹦出一句："我不想上师范。"

我一愣。排那么长的队伍，有意拾掇了一下自己，无非是想要顺利通过面试的呀。哥哥的父亲并不知情，待在外面，翘首踮足看着里面的我们。我心里充满恐慌，又有些崇拜。觉得那是一个孩子，站在青春的门槛边，向成人世界发出的一声挑战，而他有意违背父亲的选择，无疑是两个男人，开始并肩站立，哥哥用这样的方式宣告：他可以和父亲对话了。

果真，当我们还在队伍里慢慢前移时，哥哥已经出来了，不无得意："没通过，让我读课文的，我有意读不下去……"

来不及看哥哥父亲的反应，就轮到自己进去了。等我们出来时，哥哥已经被父亲带走了。文章写到一半，贴给哥哥看，哥哥说，当年自己的任性，给父亲添了一堆麻烦。一生不求人的父亲，四下托人，才把哥哥顺利安顿进了另一所中专学校。

那时候我们并不知道。年少的我们，对于命运，尚且懵懂。那时的中专还包分配的，我们这些师范生，都分到了乡镇。哥哥分到市里效益甚好的飞轮厂。仍然记得哥哥的当年，意气风发草长莺飞。和我的大姨姐姐一个单位，是姐姐的顶头上司。姐姐为人处世颇玲珑，和哥哥相处，时不时还可以抬出我和哥哥同学这一层来。少不得听些有关哥哥的近况。那时的哥哥，见过一次，知道装扮自己了，颇有些清朝遗少的味道，光鲜衣着之下包裹着一颗年少轻狂的心。后来还发生了一件颇令我啼笑皆非的事情。

同学中那时成绩略为拔尖的，都读了中专。然后一般多数定向分回了小城。大姨姐姐和哥哥同一个单位，恰恰她自己的妹妹，又嫁给了我和哥哥共同的同学。哥哥倒会自毁形象，跟大姨姐姐倒酸豆子："我要找对象时，你们都没有妹妹，这下好了，我同学要找对象，你们妹妹就多了。"我哈哈大笑。

不知道玲珑剔透的大姨姐姐怎么回答哥哥的，我倒是听出另一番滋味来。一个最现实的问题，当年哥哥们在学校里腾云驾雾叱咤风云的，回到这个社会，就步履维艰了，我听出了哥哥的怅然若失。

再后来飞轮厂红极一时走了下坡路，哥哥离开了厂，有关他的音讯便不再有闻。想不到今年暑假之后，当年散落天涯的初中同学，建起了同学群。一群四十开外的中年男女，突然缩回了年少时光。我在群里正常插科打诨没个正形，某一日我在说："我的小男神呢？怎么没有拉他上线？"然后在群里说了一段往事。

那时，班上特别有意思，男女大防，两个完全对垒的阵地，鸡犬之声相闻老死不相往来。哥哥是后转来的，颇拿这个不当回事。彼时，刚学物理，我是一个头有两个大。每天左手定律右手定律搞得头昏，考到电路图是整端，压根儿就不懂什么叫并联串联。再听课时，有如天书。一场考试下来，满纸红叉。晚自习前，终于压制不住，大哭起来。哥哥从外面玩了回来，大大咧咧地坐在一边，讲了整整一个晚自习，神了，有如打通任督二脉，那个串联并联就懂了，哥哥随手画了很多电路图考我，用他的方法，屡试不爽。回过头来才明白，所谓顿悟，便是那个意思了。群里严格按年龄大小排序，分出了兄弟姐妹，我在群里煽情地说："那时就特别想有一个哥哥。"我的聊天，都是即时插入的，不看前言，不翻后续。我的两个剑儿，习惯了我说话的假假真真，丁丁说："我都不知道她哪句是真哪句是假？还哥哥呢，肉麻不肉麻？"小说是假散文是真，群里的称呼一律肉麻到家，不是哥哥就是弟弟，不是妹妹就是假假，涛走云飞花开花谢，世界原本变幻如花。

又到周末。三剑去溜车。"看哥哥去，蹭饭！"清说。之前有过这个话题，哥哥也许正忙，根本没有搭理我们，我们就促狭地想，果真杀将过去，哥哥会有什么反应？

摇下车窗，我们问路人，报出哥哥大名，可知他的饭店在哪？路人手一指："就是那边县政府。"我以为自己听错了，还区政府呢。这会儿咱是大丰区了。

原来是鲜正府。读过书的人果真酸。丁丁举起手机，拍了鲜正府对面的酒店，传到群里。哥哥警觉地："这是我店的对面！"丁丁继续举起手机，拍我瑟缩在鲜正府的门口，里面的门打开来了，哥哥出来了。

哈哈。来不及寒暄，直奔他的厨房，哥哥家方方在忙。让哥哥唤来方方介绍，嫂子居然可以认全我们三个。哥哥不讨喜的性格，永远改不了，指着清和丁丁说，她们两个没变。然后指着我："她老了！"

这不是找踢的节奏吗？哥哥家方方可以点一万个赞，高挑苗条干练勤快热情大方礼貌周到，飞奔阁楼上拿下瓜子招待我们。哥哥家是个家常菜馆，地方不算太大，两口子忙活再加一个厨师。因为哥哥还要送外卖，三剑匆匆告辞。

车子倒得回头，看到哥哥还站在门外，目送我们。摇下车窗，清悄悄地说："感觉哥哥好慈祥啊！"我哈哈大笑。

谁也没有食不老丹。当年尚粉嫩年少的我们，眨眼就全老了。回头的路上，还要赶去看班长，也没来得及。班群每天晚上是最热闹的时光，忙累了一天的小伙伴们都会上线凑份热闹。夜深人静的时候，常留得三两人。康康是都市人，习惯夜生活。再有就是班长了。班长每日修机器，和工人同作同息，通常忙好了上线都近零点了。然后是哥哥，很率真的一个人，守着一豆灯光，候一两个过路的夜客。然后就是我，文字民工，每日码好我的女网商，都到凌晨。小强哥哥嘱："不要把自己搞得太累。"有时，也是自加压力。身和心，有一样总要在路上。

近日筹办班聚，班长一双手，颇让我们感慨。常年机修，指节粗大变形，手指皲裂干燥。哥哥店门口一辆机车，后座加成宽宽一排，应该是送外卖的装备。生龙小明早早远走他乡，树栋改行律师多年。他们的当年，都是我们中的佼佼者，我和先生脱离了原来的工作岗位，很多亲友都会感叹唏嘘，哥哥他们又何尝不是？当年考上中专跳出农门时，安逸快乐的他们，又何曾想过如今的奔忙和劳碌？

君说，我敬重所有靠自己双手奋斗的人们。我也是。哥哥的店，让我有特别踏实的感觉。当我们还年轻时，我们有一脑子上天入地的梦想，然后慢慢我们就双脚站到了陆地上，亲人的平安家人的快乐爱人的依恋儿女的牵绊成了我们最真的梦。然后一亩薄田一间小店足可以安顿我们一日三餐现时安稳的梦想。

　　夜已深，习惯仰望星空。星星眨眼，似乎有海浪拍岸的声音。我们都被命运的海浪追着逐着。晚睡的康康，发来歌词分享：

> 那一天
> 我不得已上路
> 为不安分的心
> 为自我的证明
> 路上的辛酸已融进我的眼睛
> 心灵的困境已化作我的坚定
> ……

　　今夜星光灿烂，仰望星空，相逢一笑，我们都在路上。

小禅来了！

喜欢看书的多半知道雪小禅。我手头有两个公众号，常要做些书法文化类的内容。某一日，编了小禅的《册页晚》的梅子在下面评论：丫头，我会让你见到她的。

吓了一跳。梅子是咱们东台的丁立梅老师。大伙叫她丁老师，我叫她梅子。她不过比我长了两岁，唤我丫头。喜欢这个称呼，觉得这是天底下最暖心也最可爱的称呼了。我喜欢读小禅写书法的随笔。近几年，小禅转型为文化学者了，多半这类题材，读得爱不释手，对于见面，倒是没有想过。

梅子从对话框里跳了出来："丫头，小禅来讲学，我第一个想到你哦。给你留座位。到时来看我们哦！"这个是顶顶开心的了。梅子说："这事我在联系督办，你帮着弄一个海报。不是不是，是海报的文字内容。"

这个我可以做好。我对梅子和小禅的文字不要太熟呀。我的床头，常年堆放着市面上第一时间出的书。买得最多的，就是女性作家的随笔美文。丁立梅、雪小禅、凉月满天、格致、王继颖、许冬林……其实也不是偏执地盯着这一块，可能相仿的年纪，写的东西更容易引起共鸣。

虽然熟悉，还是很认真地研读了小禅最近的文字，花了整整一天带一个晚上的时间，然后传了过去。那些文字几乎从小禅那原汁原味地端来，只不过她的文字太浩瀚了，我的撷取，最多算懂得。梅子一看非常满意，我也开心。非常心疼梅子。写那么多的文字，带学生写作，外出讲学，新添迎接小禅的到来，那个俏皮的女子，石头上岌岌地站着，下面一行文字：真恨不得一颗心掰成十几颗呀。这是为什么呢？

事情多呗！梅子说："丫头，到时你和我一起去接小禅哦！"当然当然。几乎在知道要见她们两个时，我就做了准备。带纸笔给她们。小禅干眼症后，不再用电脑和手机了。都是手写稿件。我在库房里转来转去。小禅的手稿我看过很多。我选了几款特别适合写那种手稿的纸带了过去。软笔硬笔的都有。一种介于软笔和硬笔的特种笔，给她们各自带了一盒。然后我在包包里揣了一款菜花黄的披肩。很民族风的一款，纯羊绒手绣，上有纯羊毛线的盘带，还有亮闪闪的珠串。梅子和小禅的服装风格我了然于胸。小禅迷茶、迷戏、迷书法，中式服装为多，盘扣，长袍。而梅子，轻民族风。开衫、大摆的裙，各式皱皱围巾。我设想着三人披着同色的披肩，留下难得的一瞬。

特别喜欢女人间的友谊。那时初写稿，无知胆更大，一心直奔国内知名大刊而去，常跟北京一个编辑通电话，那个编辑说：你们东台有个丁立梅老师，写得特别好。有机会我会去看你们。忘了和梅子是怎么接上头的了，只记得梅子来我们大丰采风，梅子同她的朋友介绍说："这是远音尘哦！"然后是大大的拥抱，两个小女人又笑又跳又掐脸。梅子朋友说："你们确定是第一次见？"梅子乐，转身朝我："对了，丫头，你叫什么？"

然后，我就成了梅子的小跟班。我是个自由人，梅子但凡有活动，一个手指头一勾，我就出现了。有过很多次彻夜长谈。其实，对丝巾围巾的热爱，还是受梅子影响，一篇一篇的美文引人浮想联翩。

和小禅接触则少得多。给自己取名远音尘，就是因为雪小禅。想着北有雪小禅，南有远音尘。那时写手圈最大的论坛红榜网，我长时间混着，混到版主。一个帖子："我国的期刊上每天都有雪小禅的文章"帖子点击居高不下。记得自己一脚踏进写作领域时，天真地打了一行字：有一天，我的文字，铺天盖地，那是我的梦。岂知，我的梦小禅轻易实践着。这个帖子其实一点不夸张，几乎拿到任意一本杂志就铁定有雪小禅的文章。晚上，一个河北长途打了进来，是小禅！

很温柔很羞怯的女声。小禅跟我拉着呱。小禅文中有说自己内向不喜欢说话，但我觉得她比较会说，能最快地拉近距离。几乎是她在说，我在听。我的一颗心，应该在跳个不停。因为常看到她的文章，并不敢想象，她的声音就那么真切地响在我的耳边。她个人觉得那个帖子太招摇也太张扬，问我这个版主可不可以替她删除。

这点小事，当然可以。小禅的年龄我猜不好。她的一个朋友，唤她少年。她的文字里，最多的便是女人和女人之间的友谊。我相信，因为文字和书法，我们会走近。她的一篇文里说，一个卖服装的朋友，送她服装，是一箱子。朋友说，她送人东西，习惯用箱子计量。哈哈。我也是个小土豪，我也来装箱，只是我果真装箱了，我家梅子和小禅那个小身板，扛得动吗？我找了个小些的箱子，上面写着：小雪儿、梅子。

我的脸上溢满了慈爱和柔情。晕。是这两个称呼牵扯出来的？

飞机到了。同来的宁宁，紧张得快站立不稳。我和梅子乐坏了，按住小丫头："淡定淡定，我们在呢。"小禅一米七三，我朝梅子挤眼："在这里你最高。"梅子哈哈大笑。梅子一米六，她最高。我几乎可以想象小禅的装束。我们一眼认出了小禅。

终于可以那么近距离地看小禅。宁宁说："明明可以拼颜值的，偏偏拼了才华。"果真个高、肤白、瘦削、干净、清澈、凛冽。这个词应该是雪小禅专属。记得她很多篇散文里描摹过她的祖母，便是这样的一种感觉，有裂帛的空响，凌空而凛冽。

也许只有把地点放在我们这里，才会有这样的机会，梅子和小禅，站到了一处。梅子写祖母种葵花：祖母侍弄土地，就像她在鞋面上绣花一样，一针下去，绿的是叶，再一针下去，黄的是花。

　　小禅写祖母，并不出去串门也不和人拉家常，捧着个收音机，一个人在院子里听戏文。身上永远干干净净，头发也梳得纹丝不乱，不带她们玩，只是命令她们拾掇好自己。

　　这么一看，梅子和小禅其人其文就全看出来了。梅子是最家常最温暖的邻家女孩子。小禅则是那个眉清目秀俊朗聪颖的少年郎。

　　小禅指着我的眼镜："你那个眼镜，我之前也有一个的。"我笑："嗯，走出眼镜店时，一眼看上了，就带回家了。八十元。"我的报价肯定吓着小禅了。我后来从文字转战到淘宝，成了马云手下最小的一卒，人人唤我紫云庄主。我的黄眼镜也是有任务的，配今天我带来的菜花黄披肩，那是我设想多日的情形，三个如花的女子，一式的披肩，高矮参差镜头下坏笑嘻嘻，我是否应该献唱一首歌："少年、少年祖国的春天"？

　　小禅说：把自己活成一种方式，活得没有时间、年龄、性别，与光阴化干戈为玉帛，云山梦水，且听风吟。

　　梅子写过：活到八十岁也要很美。坐在阳光下，眯着眼，然后有人循声问过去：可有一个叫丁立梅的老太太？

　　我还做那个站在她们身边的人。研墨铺纸，老花镜在脑后拴一根小链子，先写一行：银碗里盛雪。再写一行：风会记得一朵花的香。再写一行：生命是场博弈，过程便是奖赏。

　　然后交卷。

　　一霎时：风烟俱净，天山共色。从流飘荡，任意东西。

村庄睡美人

　　我生活在一个小村子里。那时没有电视没有电脑没有手机，看到美人的机会不多，偶尔贴在墙上的年画，美，但是感觉很不真实。再有可以活动的，就是电影里的。露天电影里放小凤仙，放庐山恋。几里路十几里路地追着电影走，这一村到那一村。就记得小凤仙长长的脖子，高高的衣领，山青青水碧碧，高山流水韵依依……记得张瑜，扑闪闪的大眼睛甜甜的糯米酒窝。

　　小村无美人。嫁过来的小新娘，第二天就换上了家常衣服，惹得我们这群看热闹的孩子，一口气叹到脚后跟。未出门的，也少有漂亮的。并没有多少余钱可以装扮自己，走出来的，多半灰扑扑的。唯一可以拿得出手的，就是做条假领子，还得姐妹几个轮着用。

　　假领子我之前介绍过。整件衣服做不起。就拾些碎花布零头布，只做领子，穿在外衣的里层，领子翻到外衣上面，平添一道脖上的风景。

　　村里美人不多，终是有的。东头陈家姑娘，就算美的。他们父母做缝纫，家里有余粮，儿女正当年，穿得头是头，脸是脸，所以，他们家走出来的，多半美。

然后说正题。

我们家堂姑。先不忙头疼。现在都是独生子了，很少有这么绕人的称呼。祖父的哥哥，早早去世，丢下两个女儿。大的，就是我要说到的堂姑。堂姑，就是大爷爷家的了。堂姑长得还算清爽，但要谈漂亮，就数不上了。堂姑牙不好看，暴着。放在现在的时候，早就帮着矫正什么的了。那时都没有，纯天然呢。堂姑是暴牙，却寻得好人家。姑父一表人才，且人在农场。

这中间的几十年，似乎跟我们家鲜有走动。堂姑家生得一女二男，眨眼，女儿就出落如花了。

堂姑是大爷爷家的，回老家自然不回我们家，他们有自己的亲人友眷。

记不清自己几岁了，作业早早做完，没电视又没书看，村里人唯一打发时间的，是聊天。忽见大家压着声音，相约着，去看兰儿："漂亮呢，像七仙女。"七仙女和董永，屏幕上看多了。最爱那个可人儿，嫦娥般地甩着水袖嘴里嘤嘤咛咛地哼唱得无限娇懒柔弱。来人音线压得低得不能再低："去看看？啧啧啧，那个皮肤，水灵灵的，我这个老太婆看了都忍不住要上去摸一摸，看是不是真人儿。"

如此神奇！

兰儿就是堂姑家女儿。这会来我们村里度假呢。"声音也好听啊。侉声侉气的，都不知道说什么，可就是好听。"

兰儿是农场的，说的都是普通话。淳朴的乡里人，见不得好。一好就上了天。我的那颗小心儿，最受不得撩拨。听说兰儿就在我们农庄上，她自己家的远房小姑石家。当下随着大人，去看美人儿了。

还没上石家宅基上，就见兰儿小姑远远地朝着大家摇手，示意大家不要出声，然后串门的几人都知道了，兰儿睡着了。

我们现在住的房子，门一关，就是一个天地。另一个门里，就算住着刘德华，我估计也不会有人肯成群结队地相约去看。当下来人自觉地噤了声，蹑手蹑脚地进了石家。依次贴在石家长条台前，听兰儿小姑压低嗓门说着什么。说她睡了。今天玩得太累了。来的人并不走开，只说，嗯，就想着来看一眼。小姑倒没有拂逆大家的好意，让大家依次进里间看一下。先进去的人，看得出来了，哧哧的声音，啧啧着，是漂亮是漂亮。我就是那个囫囵吞枣的猪八戒，真轮到我进里了，夹在大人的胳膊下面，偷眼瞄去，大气也不敢出。就是见一个十七八岁的大姑娘家，睡在那里，面容平整并不知道哪里美了。再要细细端详，后面人又进来了，只得依旧顺着大人的队伍，出得房门来。

后来中姐姐的毒，姐姐喜欢看红楼。我也看。根本看不懂，却记得史湘云醉后睡在大青石上的一段：果见湘云卧于山石僻处一个石磴子上，业经香梦沈酣，四面芍药花飞了一身，满头脸衣襟上皆是红香散乱；手中的扇子在地下，也半被落花埋了，一群蜜蜂蝴蝶闹嚷嚷地围着；又用鲛帕包了一包芍药花瓣枕着。

文学来自生活高于生活。读此一段，便深知曹老深谙文字之道，又有深厚生活积淀，虽不至于就是宝玉，定也有很多姐妹相守的生活经历，才写得这些美人如风中栀子闻者生香了。

兰儿姐姐并没有看得真切，这么多年来，脑中却常萦绕美人睡姿，气息均匀面色平和，再有齐刷刷的睫毛只等一睁开，又是一个花香鸟语的世界。

兰儿姐姐正是烂漫的年纪，大家排着队去看她睡觉，她却熟睡不醒，怕也只有那个年纪才有的美事。她来我们村里，时间并不很长，陈姓家一个女儿和她很要好。每次来，都会住在陈家一段。听说陈家一个男孩为她害了相思病，很久才治愈。

儿时听相思病，居然是深怕的。觉得那是洪水猛兽，太不害臊也太招摇。长大了才知道，那样的病，谁没有害过？念之思之魂之梦之求之不得辗转无寐若得能之欣喜若狂。

看川端康成的小说，写京都的一些资产阶级老男人，夜花重金观赏这座城市最美的姑娘：她们裸露着身体，烂醉如泥，在同一张床上，这些老男人，不叫醒他们，也不碰她们，甚至连想都不想，因为他们的快感就是观赏她们的睡态。我的那些乡邻们，只是一些老妇人，而我，才是一个冥顽未开的小孩。显然我们的追寻，是对美的一种最原始的欣赏与渴慕，和性别意识无关。

这么着挺好，之后的很长时间，我记不得自己曾经为过什么如此魂绕梦牵了。

烟花易冷

说的是一片云归故里。

是归，不是荣归。

某日傍晚，乡村的土路上，嘎一声，车停了，下来一人。那人身高体胖面色红润，问路边大娘："大娘，请问一片云家在哪里？"大娘朝来人一番端详："我看你，就像一片云。"来人哈哈大笑："对极对极，我就是一片云，只是离家久了，分不清方向了。"

早年工作在小镇。镇上有两家饭店，竞争很是激烈。一家是好再来，一家便是一片云了。参加饭局甚少，对饭店印象不深。屋后同姓哥哥家老婆，唤作嫂子。

嫂子没有工作，几亩田，却不怎么做。可以吃香的喝辣的，尤喜水果，中年的皮肤，仍然可以吹弹可破，日子过得那叫一个滋润。

忽一日，发现嫂子变了样。每日起早贪黑拼死拼活只顾干活，一张俏脸，是风干的苹果，失了水分，自然枯萎了下去。很是心疼，百般询问，嫂子只是不说。再一日，起得更早，转到我身边时，几次欲言又止。

我忙着上课，不痛不痒地宽慰了几句打发她走人。

再去办公室里，办公室里炸开了锅。

一片云跑了。

跑，不是一个简单动词。2008年汶川大地震时，出了个范跑跑。我家住在农场，一望无际的全是良田。常有浙江人过来包大田长西瓜，长势好收成佳时，会等瓜卖了钱上交了，自己腰包鼓鼓地返乡。如果连遭雨季西瓜收成不好，于月黑风高之时，溜之大吉。

再后来，跑就不再稀奇了。犯事了欠钱了还不上债了自己招架不住了，直接跑路走人。

嫂子蔫了很久。才知道，原来嫂子身上颇有些余粮，哥哥有工作，不便参与这些活动。嫂子把钱借给一片云周转，说好算利息的，原以为饭店都是旱涝保丰收的，没想到人家一跑了之。

嫂子得了消息，赶过去时，饭店能拿的能抢的能拆的统统被债主拿空了，嫂子只端得几个饭碗和盘子。

嫂子本钱就六千呢。彼时我的工资二百五十八元。

嫂子一夜老去。

那时，开一家像样的实体店铺，一万元绰绰有余。那时，小镇上一个店面，买一间只要一万元。那时，哥哥在镇上一个单位临时工没有编制，只有一百七十元工资。

一片云跑了。他的身后一堆嫂子这样的债主，平素省吃俭用，钱投资到他这里，眼见着打了水漂。

一片云归故里。离家时，值壮年，再回首，八十高龄。在外面日子肯定不苦，十七年的流浪，依然身高体胖红光满面。

刘奶奶跑去看一片云。她们关心的是一片云生一跑十七年，老婆孩子还认他？

一片云坦然得很，招呼邻里。刘奶奶八十三岁，算是他的同龄人。

"念珠睬你的？""蜷在她的脚下，被训了一夜。"刘奶奶等哈哈大笑："谁叫你一走影无踪？"一片云忙着端茶倒水招呼乡邻，他的失而复得，令淳朴的乡人，全然忘了当年的恩怨。教导他老婆念珠："不晓得他带钱回来没有？就算有，现在也不会出世。你给三百五百钱他，让他手头方便方便。"

邻居红兰得了信，立马来要钱。"连本带息四千元。"红兰言简意赅。一片云掏出一千三："你平时欠的饭席不算？你拿的酒菜不算？这些足够了。"红兰得了钱，走人。

欠债还钱，天经地义。刘奶奶这儿不答应了："这个红兰也不应该了，就算要，也得过两天。人家走了十七年，容易嘛？"

旧日同事，朋友一起喝酒，替朋友担保十万元贷款，朋友一走了之，同事为免封房，和老婆假离婚。终一日，假离婚成了真。孤身一人，寄居老父经济房，仅拿一百七十元生活费。如此多年，直到扣完十万元为止。原先热闹风光的一家子，眨眼成了孤寡一人。

文友老公，借款六十万元给朋友，朋友跑了，文友老公人到中年，遭此横劫，至今还没缓过神。

昔日上司，一人之下万人之上何其风光。老婆私下聚财非法借贷，别人一走了之，自己借的亲朋好友的三十七万点点滴滴还上。无限生恼，一病不起，英年客死他乡。

一片云倒是聪明。乡里人传，法律规定，八十岁后所欠债务便可以两清了。

只是这十七年，他毫发未损，他的那些债主可好？

嫂子六千元里流失的青春还能找到？

雨纷纷旧故里草木深。再回头你仍是归人，只是只是，那笔旧债，真的可以随风而冷？

董美兰

"我脸上瘦，身上不瘦。"说话间，董美兰一只手解开衣襟，顺势朝上一卷，露出上身，胸前旖旎一片。我惊呼起来，实在少儿不宜，边上邻居哈哈大笑。

董美兰有故事。

早年在外地，嫁过一个男人。男人家暴，穿不暖吃不饱都不苦，苦就苦在一天到晚累到半死，回到家男人还要往死里打。

一个月黑风高的夜晚，董美兰孤身一人逃了出来。扔下一儿一女在老家。

逃出来的董美兰，一路打工，遇到了后男人。两人情投意合，倒不嫌苦，一路流浪到婆婆这个小村。

董美兰长得极瘦，一只眼睛看不太清，人却特别善良厚道。公公婆婆常年不凶，一般做不动的活儿，董美兰总会过来帮上一把。第一次在婆婆家见到她时，她和男人一起在的。剥蚕豆，一个个剥出来，壳子再倒出去。觉得总会有省劲的办法，这个时代哪还有一颗颗用手剥的呀，但因为农活不在行，没有太多干预。在一边帮忙了一会儿，倒是感叹，实在人确实有他的优点，公公婆婆这儿，儿女来得也不多，倒是董美兰来得频繁。

近日伺候公公，接触多了起来。嫌弃我："这伢子，都不知道穿的什么？"我的牛仔裤，破了几个洞，袋口部位缝着补丁。索性站了起来，在她面前转了个圈，没命了！她叫了起来，后面还有几个大补丁。上身简直让她愤慨了。灰色亚麻盘扣长衫，上面一件东北大花布小马夹。"丑死了！从前我们穷得不得过生时，才穿这个。"董美兰生气了："还没我这个老妈妈洋气呢！伢子要穿红的。"

乐坏了。婆婆在数她的好。是真好。看公公病得重，包了一碗水饺送来。端来正碰上婆婆在帮公公洗澡。根本像是打架，公公个桩高，这会瘦得皮包骨头，更是一碰就倒。婆婆顾到头顾不到脚，忙乱一团。董美兰一头撞进来，不避男女之嫌，扶起公公就帮着清洗。到底比婆婆年轻多了，又有两人搭手，终于帮公公洗好了。剪趾甲。公公人老了，趾甲长年不剪，又厚又硬，董美兰磨刀霍霍卷衣捋袖地就上来了。嚓嚓嚓趾甲连着甲床都剪了下来，鲜血如注，幸好公公周身疼痛，并不知觉，我们回家时，已经止血结痂了。

这阵子，她手骨折，捧着一只膀子，来得更是勤了。"我们家儿女都认我！"语气里不无骄傲。先前的两个孩子，扔给前夫。和现在的男人，并没有生育。一路打工，拾得一个孩子。董美兰说，哪像个孩子？害疮，不见眉眼，叫唤得像只病猫。她和男人捡回家，挤羊奶喂大了孩子。孩子顺风顺水长到二十多岁，这会儿也已经嫁人生了孩子。早年丢下的儿女，董美兰打工得了钱，空中逮着儿女，常常贴补给儿女。那两个儿女都比我大了，女儿进了孙子了。成年的儿女，都能理解她当年扔下他们的苦衷，走动比较近。我算了下账，董美兰颠沛半生，已经做太外婆了。

才想起问她多大。六十七，属牛的。这下敢跟她玩笑了，和我妈同龄，唤她假妈妈。这个称呼，她很受用。捡来的也当宝贝的，我这个只是邻居家的媳妇，她当真爱宠了起来。

坐在公公床前。董美兰和一帮奶奶喷云吐雾，我在手机上看文章，毫不客气地请她们去风口处吸烟，公公躺在床上还要抽烟，有时，我就在烟雾中穿行。这会儿正谈到胖瘦问题，董美兰倒不忸怩，撩起衣服就让大家看。我是个不食人间烟火的主儿，董美兰着实吓到了我，乡里人的爽直可爱算得领教了，我缠着她："好看好看，还要看。"婆婆他们大出董美兰一辈了，只是笑笑，刘奶奶评价着："董美兰倒是挺好看，饱端端的，还没像老太婆瘪了。"

刘奶奶有所指，董美兰那个年代，就敢反抗婚姻，寻找自己的幸福，和她这会儿的憨直不无关系。我十四岁上，就离开了生我养我的小村庄，后来一路读书，从来没有过机会如此零距离和村里妇人相处。吓坏了。这要得多大的勇气。

婆婆见怪不怪："这算什么呀。村东头徐家长女，那会儿田里上工，休息的时候，人家打赌，一丈布证，赌她脱自己的上衣，她把布证往口袋里一塞，好好脱下上衣，给大家看了一圈，然后没事人又穿了起来。"没命了。如此彪悍？怕也是董美兰这样的老妇人。"哪里。黄花大闺女。"

按我的逻辑，这样的闺女还嫁得出去？这下轮到众人笑我了："人家现在孙子多大了！"

有着这些人的陪伴，陪护公公不再苦累枯燥。说好下午要回自己的小家休整，我把公公的诸般事端安排了一下，董美兰进来了，单手拿着个口袋，里面是草鸡蛋。

一声假妈妈，换来了她万丈的柔情。董美兰说这是自己喂养的草鸡蛋，城里很难买到，让我带回家煮了立夏。

董美兰这样的，多少觉得有些二。可是我却喜欢她的透明纯良，热心与不计较。最让她头疼的，就是我的衣着。今天是割破牛仔裤，膝盖处见着大片肉的，白色盘扣长衫，咖色无扣罩衣。她迎上来了，侧着目，很不满："今天又是什么衣服。破衣烂褛的，颜色又这么老，伢花儿，不应该穿红戴绿？"我伸手，直接在她微微蜷曲的头发，狠揉了一把，立马闪人，怕她追上来打。

外来妹杨菜

二哥是大伯家的。婚事颇为蹉跎。早年追在我一同学后面，大伯家贫，远近闻名。同学义正词严地拒绝了二哥。

二哥伤心之余，远走他乡，落户到一个小村做上门女婿。女孩还能掌控，只是大姨子和丈母娘比较难搞定，隔三岔五就要提一堆要求，二哥实在气不过，有几日溜回家中，倒不尽的苦水。大伯那时还在世，一辈子不太会处理这些事，跑去女方家大吵一通，再等我妈出面圆合时，人家已经把二哥赶回来了。

三年的上门女婿，任劳任怨做牛做马，全成一场空。二哥越想越气不过，半夜跑去，准备一把火把人家烧光，结果火还没点着，人吓得就溜了。一只胶鞋留在了现场。

结果二哥进去了几年。那个恨呀，一夜白头。真要能烧到了，这几年也值。再出来时，二哥就更难找人了。

在我们小村前面还有一个村，和我们的村一河之隔。河南河北的孩子，特别不和。对着河，扯着嗓子骂，或者扔泥块。河太宽，泥块太轻，终扔不过去。孩子都长大了，有些走出了村子，有些留在了村里。

现在说河南岸一家大傻。大傻是俊平五十得来的子。一家老小倒是幸福了很多年，直到大傻长大成人，家里人才觉出难处来，找不着媳妇。俊平这时已是八旬老人了，可是儿子不娶亲，自己眼不闭。随着买亲大军，进得山来，买了一豁嘴妹子，带了回来。

妹子叫杨菜。听这名字要笑。她们一个庄上，女孩特别多，不生到男孩誓不罢休。是个女孩，家里人连名字都懒得取的，杨后面随便缀个名。她就成了杨菜。

杨菜个子特别小，那里女孩可能因为吃食不好，多数像发育不良的模样，一张嘴豁着，让人看得尤其揪心。再揪心，也是女人，乡里人传宗接代用得上。俊平为把杨菜和大傻扣在一块儿，颇费了点心思。可是大傻，平时做活过日子，还不太觉得傻，一旦和女人一块儿，就是一个十足的傻子。杨菜愤怒得时刻想逃。可是对外来妹，大家向来戒备得紧，在没生孩子之前，几乎没得人身自由的。杨菜也是，被俊平两口子看得很紧。杨菜倒也泼辣："要生孩子，对不？要你儿子有用呀，要不，你来？"俊平一把花白胡子气得根根竖了起来。

倒真有过几次勾引。只是莫说俊平是一把年纪的老翁，就算再年轻四十岁，人伦也不该呀！俊平两口子越发忧心忡忡，只是男女之事，向来忌讳莫深，大傻做活，俊平两口子可以手把手教，生娃这事儿，可真没法启齿。

杨菜便天天在家闹腾。转眼杨菜来俊平家已经三年了，只是未能得一男半女。二哥彼时正被放出来，一时也未能找到事做。四下晃荡着，就被杨菜看上了。杨菜在俊平家突然变得乖巧起来，俊平家喜极而泣，到底安分下来了，再要得个一男半女，也不用天天提心吊胆了。

杨菜这段经历说来，颇有些传奇。她和二哥迅速搭到了一起。原谅我用词，尽管我相信爱情，但我更相信，很多时候，爱情是一种权衡。

比如，杨菜在俊平父子之间都可以权衡，二哥上过重点中学，人长得还行，唯一不足，就是家贫，现在更加了一层，又进去过。不过，加上这些，二哥配杨菜也还是绰绰有余。

就在俊平家庆幸日子开始安稳起来时，杨菜有一天夜里，突然溜了。

溜了就是和我二哥私奔了。两人回了娘家一趟，取出自己的户口本身份证，办了结婚手续。看看，买卖婚姻最不妥的就是，人家不会主动和你领取证书的，而杨菜在外混久了，她已经懂得，如何保护自己的婚姻。

尽管杨菜，说话头动尾巴摇的，尽管杨菜人长得干瘪如柴，尽管杨菜嘴那边豁得厉害，尽管二哥有万般不甘，倒也接受了这个事实。毕竟有了老婆有了家。

俊平颤巍巍地赶过来时，杨菜拿出她和二哥的结婚证，俊平气得直哆嗦，杨菜倒不在乎："你那个钱，被人贩子得了。我家也没得着。再说，我在你们家三年，没有功劳也有苦劳的。"俊平想想也罢了，毕竟属于骗婚，自己家儿子那么呆。算了吧。俊平原本就老，变得更老了，转身走时，似乎挪不动身了。

哪曾想，二哥这样的婚姻，其实挖下的是个深深的坑。只是幸福来得太突然，几乎所有人都沉浸在短暂的幸福之中。

我在二哥的乡镇做老师。杨菜在小街上，四处扯我的名，吹牛行骗。我也很少介意，不管怎么样，他们都是我的兄嫂。每有事情，还会走动。不久，二哥家女儿出生了，喜坏了我这个姑姑，送了好些东西过去。二哥这样的家庭，养不起儿子的，女儿到底负担轻多了。哪里知道，生女儿才更加送了他们这个小家的命。

杨菜的缺点，其实已经暴露无遗了。自私精明心计太深，还有，男女之限看得很开。生女儿的情形，说来要吓死人。我在她前面生的，早早住进了医院，剖腹，大人小人受了很多苦。提起生孩子，心有余悸。

人家生得才叫一个轻松。二哥家三间的小房子，二哥不在家。杨菜端了个大红脚盆，拿了把剪刀，等二哥到家时，人家孩子都生好了，一件大红斜襟衫裹在了小人身上。隔壁束奶奶抚着个胸口："没命了，没见过这么侉的女人，真能干！"

后来才理解了，原来杨菜在被俊平家买来之前，在一户人家，已经生过一个孩子了。瞅机溜了出来，卖了第二回。这个经历其实很可怕，只是我们一家人都沉浸在二哥有家的幸福之中，很少有人深究。杨菜与我的相处，还算有些素质，走动不是太多，我很不喜欢她，可是从不嫌弃她，因为她是我的亲人，是我的嫂子，哪怕她身上有太多缺点。每每上街，一堆人向我告状。根本不好好带女儿，孩子吃的娃哈哈，买一板五瓶，她自己要吃四瓶。

倒是也做过好事。我们这个家族，娶不起媳妇的真多，三哥一个。哑姑家儿子又是一个。杨菜倒真做了好事，领来了两个小妹子，分别配给了三哥和表哥。皆大欢喜。我妈是最积极的一个。家族里三个孩子，接二连三地成家，虽然没有要花钱买，但治个小家，诸多不容易。他们上门来借钱时，我妈慷慨地一视同仁，每人送出一部分钱，替他们打点小家。

二哥的日子在度过最初的几年甜蜜时光之后，似乎越发地好过起来。家族聚会时，杨菜俨然成了最洋气时尚的一个人。二哥在人前不免得瑟。我却听出了问题。

那个时候，二哥包下一片草荡，外地老板购买他们割下的芦苇。竞争颇为激烈，因为那片土地，唯有芦苇不缺，收货的老板就成了香饽饽。"我家杨菜特别有办法，人家老板就被她玩转了。"彼时的二哥，志满意得。

外地老板被杨菜玩转，我哥还是不是男人？这么疑问时，到底没好意思问出口。一个大字不识的女人，能把一群男人玩转，除了色诱我想不出更高明的手段，可怕的是，杨菜长得算是几分丑陋的。由此推断，那些所谓老板，更是什么歪嘴的桃子了。

再一段时间，杨菜打我电话，要我把女儿安排进市四中上学。杨菜以为早早进城的我，不是市长也是副市长，四中就像我家后花园，似乎我这个姑姑一句话，小小女儿要进哪个学校都不是事儿。

可惜我这个姑姑能量有限，我很为难，进小学，我有很多同学，试试说不定能转学了，中学确实没有人脉。电话搁掉，犹有几份不信，那个被她娘自己接生下来的女儿，都上初中了。

再一次听说时，出大事了！

其实说大也不大，只是迟早要发生的事。家里再有聚会时，二哥就一个人出席了。杨菜带着女儿溜掉了。

二哥无比沮丧。人常常会记不得自己是谁。二哥是。杨菜也是。杨菜后来越来越明目张胆跟些不明不白的人，不避十来岁的丫头，二哥直接拳脚相加。夫妻之间的事，如果以吵架达成和解，下次再次发生，还会以吵架结束。如果以打架解决，下次势必还是打架。二哥几顿拳脚下来，已经记不得是谁，直拿自己当大爷了。某一日，杨菜突然不见。时隔十多年，杨菜还是拿出当年的招儿，走人了。

再回来时，接走了女儿，女儿能有什么好的出路？有那样一个娘。

又见二哥。只问一句："丫头呢？""去无锡了。"

……

但愿她还有学上。在可以承欢父母膝下的年纪，不要过早误入尘网。

第四辑　醉凡尘　*　薄汗轻衣透

谁的普通话，这么不好听呀

我的普通话，基本可以达到相对专业的水平。当年普通话考试时，九十六点八分，少有的高分。据说央视赵大人九十七分多一点点。后来做淘宝了，中差评都可以在沟通之后尽数消失，朋友表扬我：肯定和我的普通话分不开，声音也好听，吴侬软语甜而温润的。

可是最近不长的日子，我已经连续两次被批了。

年前从徐州站返家。我性格其实比较男人，出再远的门也就随身的包包，跳上车就走的，缺啥就近买。临上车了，都要把包瘦身一圈，最怕大包小包拖泥带水。

常常宅在家里，春运的盛况只在电视新闻里有过隔岸观火。还有三天就大年了。我刚踏进车厢，热浪就迎面袭来，眼睛所到之处，满是站着的人，倒着的行李。人也罢了，带那么多东西干什么嘛，车门口堵得满满的人，我一边试着往里摸索，一边埋怨："真是，都带那么多东西做什么的呀？"没人有我洒脱了，斜背着一个空空的包，两手插在兜里。"谁的普通话呀，这么不好听！"

堵在车门口开水供应处的男人，一边往杯子里放热水，一边铿锵地说着。

我乐了。这话找补的。

车票居然在这节车厢的最里面，好容易从行李堆里挣扎到了自己的座位上，汗都出来了。火车是从甘肃开往泰州的，到了徐州境内，车厢里满满的基本都是江苏人了，暖暖乡音，一车的人，不似路人，倒像是家人。

对面小姑娘，娘家是甘肃的，工作在上海，夫家在泰州。这次弟弟结婚，回娘家小住，过年回夫家，妈妈什么都要打点着往婆婆家带。小姑娘揉揉睡眼："我们老家苹果真好吃，水分特别足。带了两箱回家分。再要拿其他的，就带不起来了。"姑娘的两个巨箱，就横在我来的路上。"没办法，塞不进底座。"姑娘无比歉意。

斜对面的三口之家，宝宝才二十五个月，跟着爸妈已经奔波了二十二小时了。小人儿家当多呀，奶瓶水瓶背包小尿壶，跳跳龙，坐了这么久，小人早就不耐烦了，妈妈掏出硕大的零食袋，小人儿还不依，咿咿呀呀在抗议。幸好对面有个七八岁的大哥哥，也有一个硕大无朋的零食袋，两人相互交换着挑，这才安定下来。光这两孩子，行李就有一堆了。

对面大哥建湖站下，开始整理自己的行李。大哥在甘肃工作二十多年了，家人还在建湖，常年客居在外，两地都当成家了。一箱子石榴，一箱子橙子。一大包是换洗衣物，火车上时间长，洗漱用品都带全了。再一个大口袋惊到我了，是各种树苗。大哥信心满满的："我移回家的核桃，已经挂果了，基本和甘肃那边一样大。这次带了石榴苗、葡萄苗。自己家一些，亲友们分一些"。还有一个拉杆箱："是十条香烟。可贵了，本地没得卖，春节了，送亲朋好友们开开心。"

我终于知道自己，不只是欠骂，实在有些欠扁了。

回家便是太平盛世。吃饭照旧开着电视。正放着矮人部落。

报道的是外国的侏儒症患者。其实不光是外国，国内的小矮人日子也好不到哪里去。记者跟踪拍摄一位矮人平时的家庭生活。看到他们活得比常人努力，却常常过得不如常人，很难过。"其实这些人应该不要恋爱，结婚生子，让悲剧终止在自己这一辈"。我发表感言。

儿子看了我一眼："这是谁的普通话呀，这么不好听！"

"我妈特别像希特勒，他觉得那些人活在世上是遭罪，就把那些人全数杀光！"儿子又看了我一眼："你不是他，就没有权利剥夺他们的快乐和幸福。"

无地自容。我曾经以为自己多少读了点书，还算个有良知的人。这次败了。想来央视赵大人晚年栽倒的未必是普通话，而我，就算普通话盖过董卿，一样要面壁思过了。

一定要有个姐

　　店铺搬迁，浩大的工程，倒不是太紧张，先生说，姐呢，电话她呀。

　　天下大事，有姐担着，一切就太平下来了。

　　读丁立梅老师的《你的光影，我的流年》，太多相似的经历，看起来更过瘾。说她的姐姐，读出无尽心酸。并不爱读书，田里农活一把好手，待得出嫁的年龄，父亲母亲藏着私心，想着四个儿女太重的担子，暂且让姐姐分担一些，姐姐并不在意，每日里乐颠颠地一心帮衬家里。再等梅子考上学校，有了小家，都是姐姐风风火火前来探看，送时令蔬菜，姐姐因为自己的勤劳朴实，过得活色生香。

　　这个世上，最温暖的就是姐姐这个称呼了。可以平视，无须像对待父母那样谨小慎微。可以无尽撒野，可以无理要求。

　　我们家就姐妹两个。姐姐像妈，勤劳朴实。我像爸，无赖一个。从小就是有一千花八百，还有二百不得隔宿，吃光用光身体健康的典型。姐姐却懂勤俭节约。凡可以点滴积攒起来，分分角角聚起来，用根小皮绳捆着，藏在妈妈的大木箱里。我偶然翻到了，口水流了一地，并不敢偷走。

姐姐那时已经不上学了，想去县城逛逛，一个人不敢，央我同行。我不愿，撅着张嘴不朝她看。妈妈圆场，你陪姐姐去吧。

妈妈太懂我了，平时那么爱跟路，说起上街比谁都快的。我就是不朝姐看。然后不快乐地说：她有好多钱，我没有。

妈妈一下子乐了。跟姐姐说：你就分一半给她吧。

姐姐有些心疼，捧着零钱，数了又数。确实不少了。我都想不起来，她怎么就可以攒到那么多的。姐姐有些难过：妈，她跟我一样有的。有时你们还会多给，她自己从来不懂节约。妈妈和稀泥：你就分给她嘛，要不也没人陪你去玩。

我用姐姐分来的钱，在街上海吃海玩了一通，姐姐只挑了一件漂亮衣服，余下的钱揣在口袋里一分不少地带回了家。

出外听课。一帮成年人，突然没有了家累，吃住都有人担着，便变回了儿时的疯狂。同行大勇，银行系统的，连续两日都有当地朋友宴请。我们盐城的几个主儿，跟后面吃得晕头转向。老师认识好几年了，那么不苟言笑的一个人，从前都是远远地，一笑招呼而过。这会儿因为同时变回学生身份，变得可以亲近起来。还不止的。说自己的小姐姐，只大两岁，却是他吃的小鱼小虾。小时候放学回家，要吃的，小姐姐来不及做，骑上身就打的。一路走到中年了，对小姐姐，习惯了衣来伸手饭来张口。说话时，明显酒多了，朝着我：要喝饮料了。酒席刚结束，我急急地调整自己，拿本书正看着呢，一愣：这个从哪里来？他来了句：我小姐姐说，你什么时候才能长大？

立马投降。跑过两个红绿灯，才找到一家小超市，提着饮料，交给他，他仰脖一饮而尽。老师大出我很多，一直也没想通，怎么就让他有姐姐的感觉了。

老鼠衔窝一般，不知不觉中店铺里的东西，已经多得不敢想象了。

搬家公司狮子大开口，不想坐着挨宰。这下苦了老姐。天暴热，姐姐脸通红，汗直流。申通公司因为合作关系，友情帮忙，打包全得自己事先弄好。姐姐明显感觉吃力，坐在那里好一会儿动弹不得。我陪在一边，逗她：有什么不要有病，没什么不要没姐。

姐笑：就你，还有心思说笑？

怎么没有心思？忙到午夜十二点，一早五点半就被搬家公司的电话叫醒了。小鸟叫得正欢，一路哼歌到店铺，短信我的红颜婶婶，一定要把我的小胖子带来店铺，感受我的盛大繁忙。客人在下面评价，感觉你很幸福？如果我不能从这样的兵荒马乱中，找到自己的快乐，那我所有的繁忙还有什么意义？这会儿还没吃饭，姐打包盒饭带来，涎着脸谢她：世上只有姐姐好。姐姐白我一眼，顾自忙去了。

行路难

家里有过多次交流，书法是一生的事，愿意坐得十年板凳冷，至于高考，就是这条路上的一个驿站。初时走得颇为踌躇。真草隶篆四体精通，要能创作，只是想一下，汗就出来了。创作是书法之最末关节，在此之前，需要大量临帖，依葫芦画瓢，有得几分模样，要能背出。所谓背出，是合上字帖还要能写得像。快的人，五六十遍。天资普通的，一两百遍。这才是一盘菜三成熟。要能如骑车，可以纵横驰骋，还有很长一段路要走，没有捷径没有绝招，唯有上路。一直在路上。

嗯，还回到书法上。背临得有几分模样了，可以尝试创作了。大多数人，到这一步时，便会被打回原形，一路炸弹，一夜回到解放前，从前的难看的字，争先恐后挤到笔下。很一阵气馁，仿佛从来没有练习过。那就需要有工具书，下笔之前字字落实，有理有据，每个字都要有出处。待得如此功课下来，再几遍，就很有些样子了，再能通盘摆布一下，浓淡疏密枯湿全有讲究。还有落款，还有盖章一系列后续工作。

几番下来，就差不多了。经过一段最不堪入目的创作，儿子已经有些入港。先生是导师，自比责任重大，时不时会敲儿子警钟，进行倒计时。我没有卷入。既然说过，高考只是个驿站，我们是经过，但凡要跑得远，一定不要抢在前两圈胜出。悠着点，稳着点劲，我们还有更长的路。一天的工夫，楷书行书隶书三体并进，交叉着交作业。先生几乎不说话，写好的字，摊在地上，先生微愠，儿子中途洗手吃东西听音乐打游戏，字里面全显示得出来。"那口气断续着。看看，这里，突然粗出来了。"先生指。儿子汗颜，啊，这里换笔了，老爸这也能看出来？他爸火了：这里。中断的吧？这里，停顿的吧？这里，搁下来的吧？

儿子吐舌。其实，书法的事，他刚涉足，为文写字莫不如此。我的文，一般一气呵成，中途要间断了，写出来就会有不畅，通常是复制到另一个文档里，让思路重新理顺一下。儿子乖乖地坐到一边，老老实实写字。老公站着，写李邕。老实说，李的字，乍看很丑，竟至不能接受。

王的兰亭序，是玉树临风的美男子，俊逸妍美。欧的九成宫是涂着古龙香水的精致男，就见白衬衣领洁净挺括的。李邕的麓山寺碑，简直就是个浓眉大眼的粗使丫头，直手朗脚的，毫无韵味可言。先生在笑。他的字要用心看的。他的帖，最突出的贡献，是在书法史上的贡献。自二王以来，书法似乎越走越唯美，字形字体颇多雕琢。过去，但凡刻碑，都是楷篆。唐李世民独爱兰亭序，便喜欢在碑上刻行草。李邕当时字已经很了得，当时说不清是为了迎合皇帝，还是个人就偏爱，在石碑上开始刻行书。王的行书，多秀美飘逸是长衫飘飘的美髯男子，他一生纵情字画寄情山水，甚是洒脱。自然字就细弱得多。这种字，如果刻到石碑上，就会失之轻浮且少力量感。于是李将笔画放粗，字形更加开合，及至刻出来的字，雄浑粗壮荡气回肠古朴凝重。细细品味，果真畅达腴润。

其实如果一动就以那么沉重的未来要求儿子，反倒少了乐趣。先生唤儿子，拿另一支笔，在他长纸的另一段，同时写麓山寺碑，为让儿子能准确读帖，又同时临习李思训碑。同是李的字，李思训碑要瘦弱得多。

这是读帖的另一层功夫了，望闻问切，要在瞬间领悟到一本帖子和其他字体最本质的区别。"闲来垂钓碧溪上，忽复乘舟梦日边。行路难！行路难！多歧路，今安在？"此为李大师的行路难，学书路上，哪有不难？儿子稚嫩的脸上，有欣喜有挑战的轻狂又有年少的迷惘，走过了这段难，自然会有峰回路转的欣喜。

将欲行

这会儿，儿子睡了，乌黑的发，脑门前剪着齐齐的刘海，马盖一般。他已经有了自己的审美。

这些日子，我有些心绪不宁。为了网上铺天盖地搭错车的女孩。在Q上和闺蜜聊天，我们几个同学，她生的丫头，我们都当眼珠一般宝贝的。"高三暑假时送丫头去学跆拳道。"我嘱着，欲言又止。闺蜜心领神会："嗯。只是担心二十天学不到什么。""可是要教会孩子防范意识。"

不似我们那时。我们那时，父母亲放养着，任其自生自灭。一个人，从女孩长到女人，再长到老妇人，一生中会有多少次危险与自己擦肩而过？过了还好，就怕过不去。别人我不知道，自己长得瘦小，性格泼辣，明处不会受欺，可是很多时间，极其危险。

前不久的一个傍晚，我从店铺下班回家，骑的是小自行车。车前挂着叮叮当当买的东西。小车骑得还算快，但我隐隐嗅到了危险的味道。经历过多次了，我已经有种本能的戒备。我没有掉头，只用眼睛的余光，就瞥到了一个中年男人在向我靠近。

这不是惊悚片子。我也过了如花似玉的少女时期。可是那种危险的味道，我太熟悉了。刚分配工作那年，也是。一个清早，我骑着自行车上班，背后一个男人开着机动车，包抄而至，嘴里说着话，就准备把我从自行车强行掳走。当年的我，叫得响彻几里路，后面正好一对中年夫妇路过，才化险为夷。

人的记忆是种很奇怪的东西，有些东西从来不需要想起，永远不会忘记。我迅速地反应着，他会怎么跟我搭讪，或者直接一句话都不说？

那人未防我突然刹车，电动车已经越过我了，果真，问："请问几点了？"跟我预料的台词一模一样，只是我早已经不是青葱的二八年华了，我直接回："不知道。"然后手机抓在手上，如果他有什么举动，求助电话立马会拨出。

是的，光天化日。我们上班的那条路，也不算偏僻。一同上班的八姐，不可思议。八姐生得和我是两种类型，她是无法想象我们这些袖珍女人所遭遇的。

"告诉丫头，男人致命处在哪儿，不用绕圈子。"我指示。教科书上没有的，我们的父母也羞于教这些的。而我也是直到中年后，遇到这样的情况，才可以如那天表现的镇定自如，即便如此，事后还是吓出一身汗，我在短短的几秒钟，就做出决定，如果那人真有举动我就从人行道直接拐进路边的工厂了。当然，我事后想，是不是自己反应过度了，没准人家就是一个无辜的路人呢。就算他就是个问时间的路人，我的防备总不为多吧？如果他果真是个坏人，我已经想出对付他的办法了。这些，不是达到目的了？

儿子就要一个人外出上学了。好好读书这些，觉得说得够多了。我弄醒他，跟他谈话。他是男人，我不怕他的安全，但正是男人，他才有许多他要做到位的地方。

谈话开始有些不顺。我有些难以启齿。迅速地，我就淡定下来。一定要谈。"青春年华如歌似画，可能会遇上喜欢的人，谈一场恋爱。这些，妈妈都不会阻拦。但有一点，妈妈一定要叮嘱，不管到哪一步，对喜欢的人，都要负责。你是男人。对自己的行为要能负责。"

儿子手里捧着手机，两条腿伸在被子外。这家伙，不知道长得像谁，浑身是毛毛，粗且黑。拍了他的肥腿两下，帮他掖好被角，艰难也要讲。

"妈妈在你们这么大的时候，电视里放《十七岁的花季》。情节忘得差不多了，但有一个镜头，至今不寒而栗。一个女孩，父母都忙，帮她请了个大学生家教。女孩和大学生朝夕相处，突破了最后的防线，女孩怀孕了。大学生自己也才是个孩子呢，一吓，就不来给女孩上课了。女孩一个人，不敢告诉父母，又没人可以帮她，走进深巷里的一个小黑诊所，做了人流。诊所水平很烂，摘掉了女孩整个子宫。电视画面的定格，只有小巷深处女孩啊啊的尖叫。多少年了，在妈妈耳边，萦绕不去。那个女孩失去了做母亲的权利。"

那是整个青春时期的噩梦。一直活得保守，与这个场景有很大关系。轮到儿子这一辈了，虽然我们生的不是女孩，不用担惊受怕，但我们家是男孩，更应该对人家女孩负起这个责任。

前阵子，和先生一起看电影《唐山大地震》。其中就有那个女孩，和男孩，大学里就住在一起，结果女孩怀孕了，男孩轻描淡写地让女孩打掉孩子继续学业。但女孩的父母双亲，自己的弟弟，都在她眼皮底下离开人世的，她特别明白生命的意义，她也特别在意自己腹中的这个世上最亲的亲人，毅然退学，躲到无人可以找到的地方，独自生下孩子。女孩的养父，找到男孩，啪啪甩了几个巴掌。

犹不解恨的。

谈话戛然而止。他的理解力，已经接近成人。他要独自去远方求学，这是我能给他上的最重要的一课。

"做人要厚道。"送他五个字，留下他一个人在房间，我遽然撤退。

总有梦　终日醉

1

下班回家，烧饼店门口排满了人。下车，加入等待的行列。只几秒钟，就看出问题来了。一对菜鸟，是对中年夫妇。男人在和面，切成一小块一小块，用个木棒擀开。女人接过手去，加上馅心。女人实在手笨，馅心放进去，再要擀匀，就费老劲了。男人接过不方不圆的面团，到外面炉子里，贴上去。炉子四周围满了人。男人这下汗都出来了。饼做得厚薄不一，烧饼有的地方糊了，有的还生的。炉火映红了男人的脸，也映红了等待的人的脸。真正跳脚，吃个烧饼这么费力，哪个有空站这儿闲等呀。想折身就走，身边的人，没一个动身的。一个胖胖的大嫂安慰那两个流汗的人："不着急不着急，你们慢慢来，我们能等。"

真正铁杆。女人歉意地说："好几年不做了，原先在乡镇的，现在随孩子进城了，总也找不到事做，这房子便宜，我们想着做烧饼或许能养活自己，也减轻点孩子的负担。"我乐了，这哪里是生了呀，是他们之前根本就没有熟过。如果之前就是熟练工，不会像这么无措。还是嘿声，没有言语。儿子常打趣，世事本艰难，万事莫拆穿。

男人用火钳夹出一个来看看生熟，并不能准确判断，不放心又放了下去，待得再夹上来，贴着炉子的那一面，已经焦透。就这么一路试探，炉边好容易等了十来个出炉。胖大嫂开始指挥了："那孩子，先拿两个。你看上去很忙，先拿四个。"很忙的指的是我。大嫂像是店主，店主夫妇反而不敢朝自己的烧饼看。

后来特地再去等过一次烧饼，那两个人已经能够配合默契娴熟干练了。来的人再不用围成圈子等了，营业项目又有增加，店面的墙上，挂着男人的笔迹：豆浆，现磨。小锅粥，慢火。

2

菜场的对面，新开了个报亭。菜场是新开，人气本不旺。报亭似乎更不景气。现在人都看手机了，纸质的东西不好卖。店主是个老人，并不见他着急，报纸杂志之外，还有香烟饮料，居然还配了手机充电宝、耳机这些很潮的东西。再经过时，就会无限地放慢车速，是乐声。有时是葫芦丝，《月光下的凤尾竹》。乐声和着人潮，南来北往，老人并不看行人，顾自吹他自己的。

再一次经过时，又换了，换成了唢呐。我比较抗拒唢呐，乡俗里但凡丧事，就会几日几日地吹那个东西，晦气又烦躁。改变印象的是莫言的《红高粱》。奶奶嫁给麻风爷爷，回门的路上，那个铁塔式的轿夫，扛着奶奶走向无边的高粱地，电影里吹的就是唢呐。朝天的唢呐，热烈又风情。

报亭老人的唢呐又有了另一种况味，走过了那些激情燃烧的岁月，老人的唢呐更有一种晚风拂柳笛声残，夕阳山外山的高远寥廓。

3

陪儿子艺考。学校附近人满为患，好容易挤进一家酒店，二百九十八的价格，算是中下，真正住下，才发现上当不浅。大厅和楼梯装修一新，很具欺骗性。通往房间的通道，大红地毯，有一瞬间，我差点以为自己是那个万众瞩目的腕儿。住下了，才咬着牙疼。席梦思的弹簧翻转着，电热水器老态龙钟，都不敢碰一下按钮，生怕里面的电会窜出来。刚想要洗下手，下水的地方，居然没有连接着，水龙头一开，洗手间里满是水。再不敢随意碰它。也罢，什么也不做，缩进被窝里，儿子写字，我倚在枕头上，看电视，先生在玩手机。不一会儿，我们对望着。我弹起身，到洗手间，反复不停地按马桶按钮。出得洗手间，拿纸塞着门缝。儿子朝我看了一眼：别费神了，无孔不入的。

果真的，臭气熏人，可怜我儿的桌子正对着洗手间。先生做了个阻止的动作：不要动来动去了，静下来，随遇而安。

犹似被人当头敲了一记，我坐到儿子身边，看汪老的《受戒》。真正看进去了，臭味竟似可以忽略的了。儿子写下一堆纸了，先生逐一点评，偶尔捉笔亲自示范。我抬头看他们一眼，复又埋头书里。

已经好几场考下来了，比例吓人，两千选四，一千五选三。先生跟儿子说，来就要有准备，说不定一个学校都不被录取的。儿子倒是淡然，毛笔在烟灰缸边沿上慢慢舔细："不要想太多。拼过一场是一场。"

4

店铺实在太挤了，出去租房。六百平方米，一颗心，雀跃得直想飞。

房东夫妇，是对企业家。男人头发白了大半，并不染。夫人微卷的发，竟然染成黄色。领着我们参观他们的厂，真大。车间里机器隆隆作响，沿路面的，被他们建了一排排的房子，多半租了出去，超市的仓库，大的酒楼，其他公司的办公楼。咋舌，多大的资产呀！

男人笑，自己也是丢掉铁饭碗走出来的，当年胆大，买下这块地皮。后来，挣钱就是建房子，就这么成行成排的了。夫人很能干，办公大楼里的花草，养得特别好。夫人看我们年轻，替我们鼓劲：只要不瞎来，自己做事总是挣钱的。

房东约我们晚几天搬来："去南京一趟，看下女儿，然后就着手帮你们整理房子水电，不超过十天，肯定办妥。"夫人眉眼里掩不住的乐："现在的孩子，福到天了。她婆婆带孩子，自己什么事不要做的。这会儿考研，要我去伺候她。她就不知道我忙成什么样了！"

嗔怪的口气里掩不住溢出来的快乐："明天就去看他们。那个细东西好玩呢！三岁的小人，什么话都说得出来！电话里嚷着，外婆来了就不许走了！真不知道我们哪一天才退得下来。"

回家的路上，先生还在感叹，这两个牛人。当时二十几亩地，现在成排的厂房，当年九十多万的投资，早已滚成了大雪球。创业的路上，房东两口子是典范。

朝先生看看，还是从前的模样，认识他之初，每谈必是尉天池、启功，泰斗级的大师。喜欢的就是他骨子里的上进。回到家他就开始写字，拉着我看，今天是：总有梦，终日醉。

快乐红包

一群中年男女，够慢热，孩子们红包都玩腻了，我们才开始会玩。

一桌子吃到尾声了，手机捧出来了。开始抢红包。在地主婆家。大伏天，地主婆家楼下没有空调，可怜的地主和地主婆忙里忙外，衣服湿了又干干了又湿，忙了满满两桌菜，外加煮玉米这些土特产。

许弟弟比我们所有人都小，小出两岁来，人人唤他弟弟。弟弟拿着个相机鞍前马后随叫随到。吃饭的时候，赖在一个假假旁边打死不动身。命令弟弟挪身，弟弟可怜死了："三十年了，才逮着一次机会，就让我坐在假假身边嘛。"

弟弟不惊，假假吓得立马撤退。强按下假假："大方点，别人就不取笑你了。"惊出自己一身汗，要是弟弟强要赖在我的身边，我能坐得下来吗？

那是假设。开始发红包了。弟弟够骚包，发心动女孩专享。他点红包时，某假假就跟他同一张板凳，当然红包一发出，某假假就抢到了。其他人哄堂大笑："看看，还说不坐这里呢，专享红包都拿去了。"某假

168

假逮着烫手的山芋，扔不得接不得。

行长原本内向，同学三年没有说到三句话。弟弟勇敢发出专享红包，怂恿行长也来个，好让我们发现哪个是行长的心动女孩。其他人撇嘴："行长当年心动过？""当然！行长当年跟弟弟最近！"我在叫。果真的，行长老爸校长，弟弟老妈在图书馆，这两个男生形影不离。那行长是不是应该发心动男生专享？

茜长得婀娜，说话却如蹦豆子，长期的老板娘做派，让她柔情不来。正好到这一桌来协调某事，行长逮着说话，人人一个手机，都不说话，纷纷拍照，行长背影顾长，和茜絮絮私语，这边拊掌直乐：行长心动女孩莫非是老板娘？

最可怜的是我。手机没带，本来想着要联系的都待在桌子上，手机根本不必拿，哪曾料，如此重戏在后头？

这回轮到老板娘请客。照例地，饭桌尾声，又开始抢起红包了。某假假没来，许弟弟胡乱坐着。红包此起彼伏，热闹得歌也不肯去唱的，弟弟突然跳了起来："今天一个都不许发红包！"室内狂笑，弟弟中途接了个长电话，手机没电了。

这次轮到我开心了。今天我带手机了。轮到弟弟着急。抢我家丁丁和猫的红包，很过瘾。每次都值得期待。最恨小明哥了。通常一分两分有得发呢。别人发红包，一片欢呼。小明哥一发，骂声一片。小明哥有事先回省城，不妨碍坐家里抢红包。律师事情多抽不开身，这会儿空多了。家里网速快呀，那两个哥哥眼明手快左掠右夺，还常捞个手气最佳。弟弟有些不靠谱，某假假不在，移情别恋，钻在车子里充上电了，不声不响地发了个云假假专享。云假假正打酒官司呢，被小明哥抢了。小明哥其他人的专享抢了是不还的，还给云假假他愿意一还再还。小明哥吐出云假假专享，律师局长们看着狠呢，不声不气一抢了之，继而一言不发不言不语，其他人挨次声讨：交出专享！专享不许抢！抢了专享罚双！

一群四十男女群情激愤半老脸庞艳霞满天。红包金额：两元。

不得不叹。

这在平时生活中，谁要是接两元红包给你，会不会挨你一顿揍？倒是记起先生当年去我家春节。当时，月工资八十。老妈包新女婿红包。手头只有一张整百。当时的行情，通常五十。我妈也真说得出口："回头记得找我五十。"

后来便是冯老师。可爱极了。儿子大婚，一切从简，冯老师身份更不允许铺排夸张。从简却极热闹。冯老师原来交游广阔，来的全是小城名流，一个个上台献艺。老师追着每个人发红包，隆重而喜庆。等我们桌上小美女也拿到了红包，信封里看一眼，所有人会心而笑。是二十。有个小朋友直接哭了下来："这个红包怎么用？"哈哈。也就我家老师想出如此可爱的招数。欢庆搞笑气氛好目的达到。

想不到微信上的红包，精确到分。

小明哥这下有事了。时不时上来抖落一番。每次多则一分，少则为零。律师日进斗金的，跟好人学好人，跟巫婆学跳神，直接也是一毛一分地发。最适宜搞特工的是局长，这些头衔都是我们封的，据当年各人理想而封。说局长。安坐一隅，只等红包出现，冷不防伸来一手。女神们纷纷龇牙踢腿，卷衣捋袖，只差手撕鬼子了。哈哈大笑。每天捧着手机，睡觉都顾不上。老公唤：我包你十元钱，你能不能早点休息？

不能！

去哪里才能找到这份童真？小明哥每天商场如战场，唯在这里才能赖皮一回的。律师大人平时要烦的事够多了，在这里才什么也不用戴起来，只消像儿时一样耍赖。而我们的局长，伴君如伴虎。躲在那里伸伸手，扮演儿时小赖皮想想就够过瘾了。除在此，哪里还能还他们这份本真？

我这人最唯恐天下不乱了，一个情人节忙得只差人仰马翻。找两个弟弟要红包：必须 6.66。我看好的，说是情人金额 6.66。真的没有，假的还不兴咱们来一个？一个弟弟一秒就发来了。一个弟弟在开会，短信求饶："会后，好不好？"

化缘得来，回群里乱发一通。想想我的婶婶和小胖子，离我一个月了。是真想呀。发婶婶 6.66。婶婶不常在线，红包也不知道领，短信空间评论处处留言，婶婶终于知道上来领了，再到三剑里发专享。名字是：小情人专享。够煽情。又去四人群里找哥哥要红包。哥哥够蠢，从来不玩这些。发短信跟他要："上线发红包！"然后在群里撇嘴：今天不发就住他家去！

晚上友人聚餐。七十多岁的爷爷手机玩得好溜。爷爷有的是钱，跟他要，还不会发。不会发简单，现场教呀，妈呀，绑定银行卡的，五万多。哈哈，撤。

怕怕。

少了才叫红包。多了那叫什么？

少了才叫快乐。多了还有快乐吗？

少了才要抢。多了还有意思吗？

少了才不会计较。多了还会这么乐声喧天吗？

弟弟又来了，二十元分成了二十个红包，封面上写着："假假们节日快乐越来越米力。"哎哟，引来争抢一片赞声无数："弟弟就是讨喜，假假爱你！"

微信上待久了，发现自己都不会正常说话了。舌头打着卷，唤人不是哥哥就是弟弟，平时，咱这么喊过谁？

最可爱是我的婶婶，半夜起来，按我的提示，学着发红包，先是0.06. 再是 0.6. 再是 6.0. 我正睡得朦胧，就见手机闪个不停，点开一看，瞌睡全飞，三个红包齐齐排着，婶婶问：不会有人抢吧？

哈哈。半夜三更没人抢。最重要的是，咱们是私聊。别人根本看不到。婶婶突然想起来了："你怎么还没睡？"

这不是红包给闹的！

彼时，深夜两点。总额 6.66。

我白天发给婶婶的，全数飞回来了。

人间有味是清欢

1

卖鱼的爷爷，一只眼斜着，嘴巴歪到眼角下了。捞起两条鱼就放秤上。十三块八元，手一挥："给十四元吧。"乐了，下他臭话："爷爷钱疯子！这么大年纪抢钱什么时候用呀！"

一天二十四小时，最少十二小时守在鱼摊上，新建的菜场，一排门市就几家撑着，一件胶皮连裆裤上下穿得严严实实。在我看来，他就是挣下金山银山都没时间花的。"晚上潇洒呀！出去玩！"

一旁忙着剖鱼的奶奶扑哧乐了。我也笑："是啊，带奶奶去跳舞？"爷爷明显不屑："她能懂什么？跟她出去能有什么感觉？找其他人呀！"明显吹牛，并不打算饶过爷爷，转头朝着奶奶嚷："就爷爷这样子，奶奶当年怎么看上的？眼斜着嘴还歪着。"是真的，奶奶富态硬朗，头发染得乌黑。爷爷胡子拉碴衣衫不整。奶奶明显胜出太多。奶奶哈哈大笑："人家年轻时不这样的。"

也是。奶奶不计较，我一个外人在这里挑拨离什么间？

爷爷奶奶估计没有看到过如此直言的顾客，我拎着鱼走远了，两人还在哈哈大笑。

2

三楼是必去的。设计者脑子进水，通常菜场就一楼生意好，二楼三楼都懒得往上跑。我却知道奥妙。生意清淡顾客太少，上面的水果店价格相当便宜。这个季节正是我最爱的芒果和黑布林上市。从前过来买猕猴桃都是整盒子搬，今天再来看，有什么漏儿好捡。

运气真好。刚上楼，就见中间两家早早关闭的门店，居然两间打通连接了起来。正在迟疑着找我买惯的那家，早有两个女人迎上来了。买谁的都是买，我这人就是心肠软，进店四下找黑布林，店面够大，东西稀稀落落的。店主很热心，领我到冰柜："今天第一天开张，算五元。"然后是芒果，六块七一斤。"两个女人，应该是合伙，一个满面雀斑，一个牙齿极端整齐。微笑起来很有些味儿。我就是个海里潜泳的人，粗粗一问，就替这两人捏着把汗。一年房租两万多，这个位置前任开了不到一个月关门的。两个女人来自乡镇，附近带孩子上学，闲着也是闲着，就盘下这个水果店。我只消一看，就知道这两人初进城，不知水深呢。但深就深，两万元探得着底，不至于卖家变产。环顾左右紧闭着的门，她们要是能撑下来，那就是吉人天相了。

3

到得楼下，卖蔬菜的。南头第一家，是个大胖女人，特别胖，小辫

173

子超级长。远远地迎着我："姑姑今天买什么菜？"我一愣。然后哈哈大笑："你怎么知道我是姑姑？"胖女人辫子在身后甩着："你不是老有个宝宝带来买菜的？"一阵神伤。我的小胖子转眼开学快一个月了。说好的常视频，并没有做到，也不想过多打扰到他的新生活。倒是人家买菜的，把这些都记得了。在她摊上，挑了一堆菜，先生嘱我：买菜不要盯着几样买，上次买过的，这次记得买其他的。我在念，哪些上次买过了，哪些轮到这一次了。

边上一个人在挑藕，浅绿连衣裙，小身板娇俏玲珑，朝着那人呵斥："不许拿人家藕！"浅绿连衣裙并不朝我看，顾自挑着，突然音高了几分，浅绿连衣裙终于肯朝我看："啊，原来是你！"哈哈，是我的清！我们三剑里的清同学。这里也能相逢，看看我们的幸福指数多高。清只挑了一节藕几把毛豆米，看我大包小包的吓坏了。和先生一直活得简单，吃饭更是敷衍了事。每次买菜，都会囤足至少一周。清大呼："这哪里会新鲜？放冰箱里哪能好吃？"我哪能不知道，可是，既然两人都不肯花时间在这上面，又哪能有太多讲究？清不肯要我付账，留我一人继续大包小包狂购。蔬菜就买了四十五元，可以想象有多大的包裹了。刚要离开，突然想起来问："你这里有发芽的马铃薯？"

要大的。画画的吕三，书桌上一蓬苕薯发的芽，高高红红的茎，油嫩旺绿的叶，下面卧着大大的块根。眼热，不确定他说的苕薯是个什么东西，但我们这里的马铃薯应该可以有那个效果。女人很热心，捧出口袋，任我挑选。捧着一堆淘来要来的宝贝，跨上我的宝车。

去乐器店。店主电话我，尤克里里教程到了。取了如此洋气的名字，就是比吉他少两根弦个头也明显缩水的四弦琴。我天天抱着坐在飘窗上，已经可以摸出几首歌了。不过，专业的教程可以学得更快。自从学车以来，得出一个结论，走过每一个生不如死的前期，定会迎来下一个柳暗花明的从容，尤克里里显然比车好驾驭多了。

很多人评论我的日子，每天如花开。这段文字，记录我上午十点到十一点之间的点滴，感觉自己就是苏子当年蓼茸蒿笋试春盘，人间有味是清欢，走过的每一个日子，都如水扬清波风过疏林，是玩在南山野外，喝着浮着雪沫乳花的小酒，就着盘里早春山野的蓼菜、茼蒿、新笋，山羊胡子一捋连连点头：人间有味是清欢！

练车 style

拖拉机

"拖拉机"第一天上车就被拉来路跑。

他是开拖拉机的。教练觉得他应该会开。他自己也觉得，不都是机器么？果真，上来便是挂挡、踩离合、加油门，一圈也快到底了，那边横穿出一辆电动车，"拖拉机"猛一踩刹车，我们重重地扑到前排椅背，教练点烟的火机，甩了出去。教练这边的刹车几乎也同时踩下。一车五人面面相觑。教练火："这是刹车，用得着拼命吗？""拖拉机"也火："拖拉机都要这么猛踩猛刹的，我怎么知道你！"

到了场地，倒车入库，曲线行驶一类的。每个人都按着教练的点，半点不敢马虎。唯有"拖拉机"不买账："就凭感觉走吧！不就学个车，法术不清！"教练不在场，旁人不敢吱声。他是对的。拖拉机和汽车同是机器，拖拉机他可以纵横驰骋的，区区汽车就能难倒他？

"拖拉机"开着小汽车，沿着曲线走了一圈，压线什么的都别提了，教练放在几个角落上的砖头都被推得挪了位。"拖拉机"顾自开得爽，还没过瘾，就该换人了。"拖拉机"来火，卷衣捋袖要打人："我就开几圈，开好了走人，由着你们慢慢开。催催催，催命啊！"后面人自不相让："谁不是等了几个小时才轮上一把？都等练足了，下面的人还能轮上？"

"拖拉机"一面开着一面骂骂咧咧，我们默不吱声，霞说："他难得过关呢。"

确实。学车无非学的一个规范。他如此自以为是，哪有可能学得会呢？

何况他，根本就像一匪。后来，再没见"拖拉机"来过。

春话

我觉得应该是村话。村野鄙夫粗俗不堪的话。却有人可以不着脏字尽得风流。从前同事，日常对话：你上好了？你上好了，我上。说的是上课，却不知道其中玄机，我们这些孩子爽快地应着：好的，你上好了我上！

这下完蛋了，办公室里早已笑闹一团。

小红是师傅家亲戚。唤师傅姨丈。一群人练车，人多车少场地偏僻条件简陋，椅子不够分的。小红上来便坐到师傅腿上，师傅一个躲闪不及，被压个正着。练车实在是件谨小慎微的事，小女人粗放，不是东面出错就是西面出错，师傅火："用心练车不知道脑子里想的什么？"小红乐："年纪比较轻，想的东西比较多。"师傅一张黑脸没有绷住，乐了。小红看到乌云下面的阳光，继续逗乐："不像姨丈，这个时候有多少心思也想不了。"师傅投降，怅然下车："不买营养品不跟她服务！"

师傅有事，通知弟弟临时代班。但凡师傅，都得端着的。要不，怎么能压得住那些学员。不过，代班的就不必肉头。师傅家弟弟温言软语如沐春风。我们都很享受，只是鲜有人表达。小红却不怯，上车便唤牙牙。牙牙是方言里叔叔的意思。牙牙一唤，那边更是慈祥得像个奶奶了。路跑，各种要注意的事项，小红并不省油，时有忘记，忘了脱口便是下流话。牙牙一个憋不住，牙缝里丝丝有声："拿宝子！"无限爱宠与无奈。谁让他摊上了这样的主儿。

次日，照旧是师傅。学得不好的地方，师傅脸又拉下了。小红朝师傅的黑脸看了一眼："你弟弟不凶，不骂人。态度又好。"师傅露出满口白牙："嫖来的婆娘怎会吵架？"

马云说，有三个人就是一个江湖了。十人的练车队，简直是个大江湖。小红嘴有，手也有。练车有时不方便，需要搭其他队友车子。王胖和沈胖有电驴。小红蹭车。坐也不好好坐的，趁着沈胖专心开车时，突然从背后死死搂着。沈胖长得眉清目秀，颇有些书生相，一吓车都扶不稳了，王胖开玩笑拿手机拍下来传给沈胖老婆。小红便是那样的脾性，沈胖索性从了，估计也不会有更多动作，他一个大男人搞得大惊小怪发誓要撇清的，小红便促狭地搂得动作更加夸张了。好一个沈胖，吓得直差扔下电驴落荒而逃。

小红的一张嘴，估计就没人说得赢她。我和先生一同学车双进双出，先生见人一脸笑，我是他的小跟班。小红便有些奇怪，问我们有没有吵过架。我仔细想了一下，还真没有。我脾气暴，常常摔门而走，不到五分钟必定气消了自己跑回来。小红说：我们打。跟前面一个老公打，跟现在的老公也打。跟现在的老公开始时，老公也不适应，向别人诉说时，不可思议："她骂我婊子养的。"小红笑：在他是最大的侮辱了，在我就是口头禅。

小红并不掩饰自己的从前：瞎子算命，人家吃饭有一荤一素，我是老公有一正一副。

去盐城值勤，人多座位少，不晕车的都坐小板凳上。小红坐得一个好位置，却瞌睡得不行。先是搭着点王胖的肩，后嫌睡得不舒服，直接搂紧王胖的脖子敞开来睡。搭一个肩膀王胖也认了，整个被搂紧了，王胖吓坏了，赤白着张脸狠劲地掰开小红粗壮的手臂。一车人笑得东倒西歪，看王胖水深火热中无一人伸出援手。

考试的文化

同学地主婆知道我在练车，问我，什么时候考呀，我在家帮你上香。

我哈哈大笑。一路走来，经历过大小多少考试，真是数也数不清。考试拼的是实力，这和上香有什么关系？

邻居干瑛姐姐，生得两个如花似玉的女儿，偏偏成绩又好。大女儿上的是南大。亲友眼热，问她绝招，她一本正经地："你们家没有上香？我们家上香祭祖包粽子一应俱全的。"大姐原本是说笑，没想到，后来小城高考时，居然有一条专门的上香街道，绵延十多里，蔚为壮观。心有敬畏心有信仰无可厚非，只是把一场实力的比拼挪移到另一个战场上，匪夷所思。

看过考场，因为五项每人有两次机会，我关心的是，如果第二次重来，在考场是按怎么的路线进行？

教练却忌讳，叮嘱大家身份证学员证脖子里挂挂好。第二天就不要说什么掉了的话。驾考其实是入门的规范检测，毕竟不是一种高水平的竞技。一般驾校练习的场地和考场区别不大。几下观望之后，心里有了底。再等一圈试开下来，自是觉得用心对待，就不会出状况了。

教练带兵，重的是技术，疏忽的是心理。早在训练之初，十人就各怀心思。教练和老师一样，总怕有后进的拖住了后腿，于是常把一个后来的学员托在手心。训练时间原本就很紧张，给学员补课加班，原本应该利用业余时间，都是占用大家的训练时间，轮到考试上阵，关系到各人切身利益时，十人的团体立马分崩离析岌岌可危了。只是都是临时组合，教练也不当真，只想着把大家拢在一起，只等试一考完大家拍拍屁股走人。哪里知道，但凡是个痈疽，就一定要捅开，流脓淌血疼痛也是暂时的。可惜的是，斤斤计较小肚鸡肠的必然结果就是互不相让，一个人心里，过多地装着自己，表现出来的必然难以云淡风轻。

其实在家都已经练得无可挑剔了，再去考场，无非是一种展示。但看清这一点的并不多。涌进考场时，被所有教练和学员争抢场地裹挟着。我们的十人组合，也危机频现，人人都希望自己是最先练习的那一个。我和先生排到了第九第十。等我上车时，暮色四合，苍苍茫茫间，我连地面上的白线都看不清了。再轮到先生时，更是被场上的工作人员驱赶走了。

我和先生对望了一眼。他在我手心捏了一把。

没有人注意我们的调适。人人争先恐后，也没有人在意到我们的谦让。再到路跑时，我和先生依然被挤到了最后。我甚至想，放弃自己的练车，两人只要保存一个，就够了。只是进场时间在即，根本容不得我们再推让。路跑考前集训，再轮到先生时，直接没有了时间。小红尿急，直催促结束，说练也没有意思了，赶紧进考场上厕所，教练才说了句公道话："人家张先生车还没碰到呢！"

先生果真没有来得及训练路跑。前一天的五项，我们是胸有成竹的。我们的队友连续落马时，先生满分出场。我紧接着他进去的，他后来说，他自己考，一点没有紧张，看到我进去时，一颗心快要跳出胸腔，跑到电子屏幕上只看了一眼，就溜开去了，实在没有勇气再看下去。地主婆哈哈大笑："那是他的宝贝在场呢！"

路跑却是我和他同时。各奔东西。我的男人，临出门前只来得及深深地看了我一眼就匆匆随着队伍走了。我需要冷暖自知独立面对了。

考之前，我们教练就说过，考试拼的就是心态。可惜，过多地计较得失，反倒让大家失去了平常心。科目二，十过四。科目三，六过三。一个是教练一直拉在手心，怕不过关的木木。还有两个，就是我们两口子。

一周后，科目四，三过两。至此，我们的十人组合，只有我和先生两个人坚持到了握拳宣誓。

驾考是什么？

科目二时，前面四个队员依次落马时，我在上车的刹那，心底涌起的是：掌声响起来。我把考场当成了舞台，我为自己鼓劲，我等着台下如海的掌声响起来。

如果是打仗，就一定要把工作做在最前面。

不要心存侥幸。变数很多。越是多，越要准备充分，以不变应万变。没有准备充分，只想着到时碰碰运气，那就只能纯凭运气了。

运气的事，从来不靠谱。

一个团队，凝聚力最重要。

回程的路上，教练说：我要教的已经不是开车技术了，而是社会知识了。

受伤的战马

带兵打仗，胜败兵家常事。教练带学员驾考，每月一次，再不淡定的教练也淡定了。何况咱们的教练久经沙场。咱们的这批，太奇特了。一个上午，别的团队，十人的队伍，十过九，一个上午全考下来了。我们的队伍，前四个，人人都是两把，四人还只过了一个。教练原本是最气定神闲的一个的，他是那个老农，坐等着丰收摘果的，这样的结果真正预料不足措手不及。再等我和先生陆续上场时，教练只记得说："不要紧张。"我进场时，教练又嘱："项目结束时，往这里开，把加速器开下来吧。"

我嗅到了危险的味道。我后面还有四人，我必须为我的队友们节约时间，否则我的队友们全要被压到下午考了。尤其舍不得小老外。小老外是我们队里最年轻的外地人。学一趟车倒半天公交，异常艰辛。我们这队掉个不停时，小老外就担心坏了，他是最后一个上场，照前面这种考法，他能否考得成，都是未知了。我冲着小老外叫："放心！我会为你赢取时间！"我在五个项目之间都开了加速器。我和先生都是一把头过关。队里形势形成扭转。教练的脸，才开始有阳光露出云端。他的执勤时间到了，他匆匆交代学员几句，走向另一个考场。他的爱车委托另一个教练帮着开出来。

这是一顿最难下咽的午饭。考了七人，才有四个过关。最后的三个学员，到底被压到了下午最后考。往日饭桌是最热闹的地方，此时，格外安静。

匆匆离开饭桌，所有人站到教练身边。无人开口，也没人知道应该说什么。教练站在车前，爱怜地抚着车前方。我们发现，车子被刮伤了。

这是二十天集训期间，第二次刮伤了。

集训之初，十个人被分成上午班和下午班。省心省事省时。十个人挤在一个半天，每人只轮到十五分钟。因为上车时间的不定，需要成天耗在那里。于是考试人员定下来时，大家商定，划分为两组。上午五人下午五人。这样，每人一个半天可以练车四十分钟。另外的半天，可以放假。再没有比这合理公正的了。有两个半天，完全这样地执行了。我们也深受其利，可以腾出半天时间管理店铺。可是第四天上午，就不对劲了。下午班的几个人再次挤进上午班。原因是：我们几个人练好车，直接回家做自己的事了，还有练得不够好的，赖进了下午班插进去再练几把。还有三四个不考试的，教练也默许他们来练车，原本五个人的练车时间，一下又变成了八到九人。

在群里发红包，一个红包随机分两份，一份 0.02 元，一份 4.98 元。分得 0.02 元的弟弟抓狂了："这什么世道？！"世道便是：不患寡，患不均。

练车也是。十人分两组。上午班的两人插入下午班，插班的人可以练到双倍时间，挤占了其他安分守己的学员训练份额。集训时间寸阴寸金的，一个算得比一个精，分班终告失败，下午班的人马和进了上午班里。十人的大组合再度开启。

记得刚开始工作的那年。教低年级。期末考试。一个代课同事监考的。同事并没有低年级教学经验，一场考试烟雾尘天，好比战场。收卷时，教室打闹一团。同事还觉得自己做了好事，监考不严，势必成绩要好。结果一塌糊涂。很多学生都没顾上做题目。

十人的练车可想而知，本来就因为计较几个后进的占去了平均时间，再混合到一起时，争分夺秒锱铢必较寸土不让，好好上个车，不是练车，倒像偷来的。抢夺的喜悦压过练车的严谨。下午时分，练车的练车，打牌的打牌，老王趁着大家不注意从场地北端逆向又多扳了一把。小红正从牌桌上抬头，看到了，毫不犹豫地拖下老王，争端开始了，小红看到车头，尖叫："教练来看，谁把车子弄坏了。"教练继续让其他人出牌，车头那里暑期班学员擦掉几条杠，教练早就知道。学车还能不磕碰么？

小红不依不饶继续大叫大嚷，教练站起身只看了一眼，就慌了：添了新伤了。

小红声音本来就响，这下更不淡定了："你个死胖子，叫你下车不下车，车子撞坏了这下谁都没得练了！"老王急了，平时玩笑能开，多开一圈半圈也不是多大的事，冤枉他撞坏车子比抹了他脖子都难过，老王急得争辩，小红倒是直肠："你没有撞你着什么急？"真是噎着人了，老王跳了起来，对着小红扬拳就要砸去，士可杀不可辱平白无故冤枉人谁能咽得下这口气？现场一派混乱。男人们上前抱住了老王。

我心下咯噔一下。从坡上下来时，一辆红色教练车坏在半途。五项里有两项就被挡掉了。我从一边绕道，走了过去。想想又回头走曲线转弯。因为这一把不练，再轮到下一把时，又得十人之后了，整整一个下午又轮不上了。十人里，我和先生不争不抢，先生练得好一些，还要把时间匀给我一些。不到五天就要考试了，少走的两项，指望不到谁在下一把让给我再补的。转念之间，我把车重新开回场地。场地最边上，有一排铁架，挡开水泥池子和大树的。车头堵在了那里。训练时油门线全部拿掉了，一档还压得特别慢，所以，力量特别小。堵在那里不动弹了，我挂了倒挡，车子归位，轻松跑完了曲线转弯。车子交到下一个人手里。

　　如果没有小红的发现，我们都不知道车子被撞坏。而通知保险公司索赔，要还原碰撞的现场，我才意识到，我闯下祸了。只是那样出手相打的场面，这个时候，我开口说话合适吗？

　　我在那一瞬间，对这样的训练充满了排斥。我决定了，我会保持沉默。我盼望能有肃整。盼望队里出现井然有序的训练场景。我也盼望，我们十人的团体，是一个整体，团结礼让合作亲密，绝不是现在这样的临时乌合。

　　没有人跟教练坦白，车子是谁碰的。虽然有保险公司赔付，教练还是比较沮丧。车子拿回来了，脾气大得不行。小红是他的跟班，火冲着小红来。小红不依了，冲着劝和的我，骂得地动山摇："不要拿我当出气筒！弄坏车子的，有种的站出来说话，还有什么X脸在社会上混！"如果换成老王，一顿对骂或者厮打肯定难免了。但我保持沉默。想我那么一个光明磊落的人，区区六七百元钱的损失还是能够担当的。但我保持沉默。我想看到我要的结局。

　　好似一阵秋风扫过。训练场上突然多出几种凝重和肃穆。教练把每个人的学员证发放挂在了脖间。训练时寸步不离一眼不眨。学员间轮换上车也明显规矩得多。常蹭着多练几把的，也毫不留情被拖下车来。真正有训练的模样了。教练总盯着也吃不消，时间一长，发明了一种科学的方法，前一个人上车时，后一个人坐在副驾。可以相互交流也可以相互监督时间又不会拖延。终于等来了我要的秩序，我和先生自动排到了最后。再不需要和进争抢的队伍，第一个练和最后一个练，没有区别。区别只是第一个练的会有两次机会的可能，最后一个永远不会有。可是如果用心练好每一把，又何必计较那多出来的一把？

余伤未了，考试的第一场，第一个学员直接与外场学员撞个正着。车子第二次受伤。

一个上午连着背运，终于有了答案。据说，幸好第一个学员沉着，没有嚷开，考场内发生碰撞，这个团队的考试资格全被取消，我们整个驾校的考试资格全被取消。难怪前面的人发挥一个比一个失常。此时的教练什么也不便说，只是欠着身子，想着去摸一下爱车，想着再摸一下。

我站在身后，突然有泪湿的感觉。

这是将军的爱马。每一个将军，日久天长，看到爱马受伤，都会恨不能替代的。只是每一个将军，又都会是最隐忍的人，片刻柔软之后，等他直立起身子时，你再也看不到他的情绪波动了。教练也是。

下午三个学员继续掉了一个。教练从最初的祈祷中，几乎变成了认命。晚上酒喝了不少烟抽了很多。

我在深夜给教练发短信。他一直耿耿于怀，没有人亲口告诉他，第一次车子是谁弄坏的。是时候揭晓了。这个世上，从来不缺对不起。一句对不起太轻巧。于我，要的是操作的谨慎细心，于我们的训练，要的是后来的纪律严明并然有序。

秋深

敲下这段文字时，秋很深了。先生催促我把秋衣拿出来，我重新漂洗晾晒了出去。阳台里的花花草草和我的衣服们争抢地盘。

地上满铺着我的眼镜、小伞、书，还有一面小镜子。镜子端详自己，中分的地方，总有白发不经意地冒出来。特别爱笑的我，每每一笑，便有笑纹堆积。

我好像变了不少。是一种成长。

我淘来一个粗瓷盆，又淘来一株凌霄。我把它安在阳台的角落，用一根小棒，把它的藤蔓牵扯了上去。原先的盆子太小，限制了它的生长。这会儿伸胳膊伸腿全然舒展开了，这才是我们的日子。无论经历过怎样的颓败沮丧激情辉煌，还是会回复这样的花谢花开一日三餐的庸常。

安享每一天的阳光。

去哪里　都在风的方向里

1

家乡的网站大丰之声，十周年庆典。主持人把我邀请到了台上。站长一言是多年的老友，事前跟我说，到时会有一个互动，也没有太往心里去。临时说两句，这种机智还是有的。主持人把我叫到了台上，台下听者芸众，小女孩用的词是，听说你和大丰之声相伴走过十年了，能说说你的写作吗？

突然，就有了站在台上发表获奖感言的感觉。

没有人会为我颁奖，我所做的一切，都是为自己，听从自己内心的安排。可是我还是感觉到了命运的那份厚待，岁月给我的那份丰厚的奖赏。我在台上讲自己写作之初，讲发表在大丰之声上那篇省里大奖的文章。大丰之声办站宗旨，就是记录大丰老百姓的生活，让所有老百姓能够雁过留声。而我的写作，是在它的高枝上，自在娇莺恰恰啼，是每一个普通大丰人在走过的三千个日日夜夜留下的印迹。

写《这样的一个老人》，是自己的公公。我甚至不敢用太煽情的文字。公公是无数个农村父亲的缩影，是我们人人生命里的苹果树。他还枝繁叶茂时，想着给孩子们给歌唱和绿荫。后来树上还有着很多苹果，可着劲摘给孩子们，从没有想过留下一两个给自己，后来，就只有老去的树干和树根了，树干还有能剥下的树皮，树根还能成根雕的。就这样，公公明明听到轰然倒下的声音了，却因为没有齐根斩断，就还杵在那里摇摇欲坠。

写《忘记长大的天使》，给那个白血病女孩杨霞写信，写《开卷舒合任天真》为那个精神病女人长根子。很少为自己的写作定性，很多时候，去援助一些需要帮助的人，觉得那是一份责任。

瓦壶天水菊花茶，每个写作者身上都会有一种乐天向上的东西，郑板桥的当年，当着小小县官，可以造福一方，而我们手里恰好有一支笔，那就可以替他们歌唱。且歌且唱伴行一路。所以我的一本书上序言，自己写的：乱云深处啼鸟。就把自己当成一只鸟，写作已经融入生命，天晴也唱天阴也歌，阳春也唱寒冬也歌。花开也唱叶落也歌，月出也唱日升也歌……

2

给自己定位为写手真好。梅子后来有些发笑：写手，说得跟打手似的。初生牛犊不畏虎，当时全国四大名写手：雪小禅、叶倾城等。给自己取名：远音尘。野心勃勃，为的是能跟上排名，我就做第五个好了。

写手不好当。要研究各路杂志的用稿风格。跟在编辑老师后面，先接受约稿函，然后钻研用稿风格，然后文章出来，递交过去，最怕听的是：另处吧。很多时间："您好，这篇留用了！"乐得恨不能抱过屏幕那边的老师啃上一口。其实这才是第一步：初审。后面还有二审、终审、政审，一般等过稿时，差不多一个月已经过去了。

那时看着小禅她们的文章满天飞，痴痴地摸着那几个名字，就在想，要是能排在他们后面多好呀。终于有一天，在一本杂志上，雪和叶的后面，紧跟的就是远音尘。从报亭一路跑回家，跟个傻子一样，卖杂志的老人喊住我："姑娘哪里人氏？我怎么没有听说过姓远的？"哈哈，您没有听说的多去了，有一天您会天天听到这个姓远的！

那样一段疯狂之后，确实收效很大，几乎在熟悉的每一本刊物上都可以看到自己的名字。百度上随意敲进自己的笔名，就能收获一堆文章来，真正喜欢上写作了。和我妈种田没区别。我妈是个疯子。某一年，一人种四十亩田棉花，是狭长形的林带，五里路长。每天什么事不做，跑一圈就很够呛了。但我妈可以。

一人种下来，秋天的时候，就挣到了在城里买一套房子的钱。我的每天，写一篇三千字的大稿，再一篇千字的小散文，余下的时间看书充电。觉得自己就是那个农妇，春种一粒粟，秋收万颗子。为稿费写作，也有好处，好比我妈给自己定的目标，就是每年收入五万还是十万。后来遇到梅子，和梅子吃住一块儿，梅子说："丫头，可以尝试着写出自己的风格，然后不管哪一家，看上我风格的拿去！"霍霍，这个可以有！这么牛的事情，我要不要也来试试？

3

后来，并没有继续专业写作。一头扎进了淘宝，我找到了别样的快乐。写宝贝描述。那是我的另一块田地。我写一款丝巾：小的时候，每个冬天，妈妈都会去很远的地方割芦苇。涉齐膝深的水，刀在水里哗哗，周遭都是男人。妈妈站在那样的寒水里，割得芦苇，换不多的钱。得了钱，经过的路上，替我们买围脖。一个桃红，一个柳绿。那是妈妈的审美……

没有丝毫夸张与修饰。

描述长裙。

写自己和他的初识，假小子一般，留着短发，穿背带格子裤，蹦蹦跳跳的。后来，和他走到了一起，穿上了高跟，蓄起了长发，拖着长长的裙，在他身畔，摇曳生姿。

每一个进店铺的客人，都嗅到了那股浓浓的爱情的味道。

长裙还只是一块普通的布料做成的衣服吗？不再是了，那里有着无数女孩对爱情的妥协与迁就与忍让直到修行成圣，对方的圣，婚姻里的圣。

一言去看我。我正爬在高高的货架上，码围巾呢。一个激动，从高高的凳子上栽了下来。一言无比惋惜："可以做生意的人多去了，但可以写文章的不多。"一言怕我越走越远。我乐了：逃学为读书，三毛当年形容自己，我又何尝不是。不再端着个写作的架子，却能让我的文字随处落地生花，长到每个需要它的角落。

4

终于迎来了从容时光。店铺另请了客服和发货的。我终于又可以在店铺的闲暇时光，拿起自己的笔码字了。写什么呢？就写我每天的日子。写创业女青年。一百箱墨汁到家，我一袭白衣下去指挥搬运。元旦，正是深冬，离春天还远着呢，可我分明在上上下下奔忙中汗湿衣衫。白衣搭在手臂上，抽当漏空敲下一行文字：朋友说，真不希望，这些琐碎砺粗了你写字的双手。我笑，心中有旋律，锄草亦舞蹈的。不管我从事着怎样的工作，不管我在怎样喧嚣的尘上，那颗向上的心，永在。文字，

190

会是一直的方向，那颗心一直纤柔，双手又怎会变糙？

一篇篇随笔，一部部长篇，都是在货物搬运的空余时间敲下的。

近来又有每日小诗：

（一）

离家几日花焦黄，滴水成池树老苍。

书读还嫌夏日短，浓睡方悔夜不长。

（二）

十里桃花万竿竹，仙家哪解凡人俗。

一袭白裙弄长笛，曲罢人欢衣已绿。

（三）

忽忽江湖白发新，杨花一片随流水。

我且溪上泛舟去，箫声吹得河面碎。

……

一日一首，诗不醉我我自醉。我只是记录。小诗只是我记录的工具。

一早老师跟我聊天：能说几句吗？一是，写作融入你的生命。长与短，都与你生命一样。二是，写作是你的乐趣，成功与否，意义不大。三是，你已在写作的山腰上，只见顶，而没有见到山脚下如蚁的人群。前面两条我能略过，第三条我乐了。长江后浪推前浪，前浪死在沙滩上。我又想起了昨天站在舞台上的情形了。其实，登山不看景，看景不登山。我尽可以埋头赶路一路攀爬到顶峰，然后再回过头来喘口气的。又或者，我就做那个可以混身于芸芸众生中的，与众生齐舞，未尝不是另一种快乐？

下班时，路过一家小店。进去逛。店主是个二十出头的小姑娘。一米七的身高，穿着棉麻布衣，跺着手工皮鞋，店里的东西多数是手工做的。旁边一块小黑板，上面写着一行字：去哪里，都在风的方向里。

突然就定在了原地，心下柔软不已。

那么就行走泰然安之若素吧。去哪里，都会迎风而立裙袂飘飘巧笑倩然。风中，回味老师的话："如是，生命本来是一种偶然，我们得靠一种力量必然地生活下去。这种力量，于你是写作，于他人是醉，是梦。"

大牌女人

　　衣服大家都熟悉，先拿衣服举例。比如牛仔裤，一条裤子，按所用成本，决定卖价。水洗加一层价。割破加一层价。磨白一层价。绣花一层价。钉珠一层价。补丁一层价。如果一条裤子里，这几个元素占了大部分，那价格就会明显高出很多。但如果牛仔裤大的品牌，很高的价位买到手的，恰恰简单到让你不敢想象。它会在用料上，特别讲究。在做工上精确到每一个零部件，每一种缝线都用最高档的。在款式上，精致到每一部位穿在身上都会很妥帖。它的外表，甚至会极不起眼。但人家往那边一放，你就知道价格不菲。

　　下午去逛街，一件衬衣，真丝的。这个棉衣的季节，折后还要八百元。再环顾店里的其他款，一款鸭绒的，正反两面穿，六千多。门楣上挂着那件真皮的，一万多。没有繁复的装饰，没有潮流的款式，面料也不炫目，但放在那里，就能猜出价格不菲。店主捧着个手机，看韩剧。你尽可以去穿去试，有中意的，她会停下手里的事，替你打包。如果有要咨询的，简短地回复着，有问才答。这是一种气场。大牌的气场。

去参加活动。饭后，发保养体验卡。其他人都在打听地址，有些顺带着再要了几张。唯有我，接下，便塞进包里。已经到了非要保养不行的年纪了。但一直按兵不动。是我太懂，自然规律。头上的发，从中间，每冒出来的一根，都是白色的，提醒我，韶华不再，老之将至。既然这是规律，谁又可以逆天。我也知道享受，累极倦乏一天之后，躺在那里，由着别人敲背按摩各种东西涂抹在脸上，再出来时，容光焕发另换了一个自己。可是我现在更怕出门，在电脑上敲下文字或者捧一本书，斜躺在床上，更能让自己放松开心。那又何必挤那份热闹？

查阅资料，文坛才女的书法和老照片，才真叫一个惊艳。单说那个冰心吧，应该没有人提过她的容貌。一件深蓝对襟盘扣棉袄，花白的发盘在脑后，满脸笑纹眼眶掉进去很深，端坐在一袭蓝色棉布前，后面是满架的书。真正倾国倾城。

这就对了。从来不肯去关注那些明星一眼。那些都是堆砌起来的美。是简朴牛仔裤水洗之后再割破之后再磨白之后再绣花再钉珠再打上补丁，哪一样处理不到位都不敢出门的艳丽。

倒不如做一回大牌。像那个杨绛，阳台都是全露天的，书架早已陈旧，那块布帘，分明看得出岁月在上面的印迹。发如雪了，老花镜戴着，还有一条链子。埋头在一堆书稿里，如此年纪，还在坚持手写。身后是自己的手书小楷，暗淡了刀光剑影，时光在此就此停驻，这就是美。真水无香大音希声大象无形的美。

那件真丝衬衣，在手里摩挲着，款式至简，无半分装饰，扣子还是暗扣，颜色也是那种深藏蓝，内敛沉静，并不招摇，却透着无比诱惑。到底没有抗住，直接带了回来。

卖花去，记得带桶

那时写作，工作都不要了。孤注一掷的模样。稿费还挺高。一时很多人跟在后面，说也要写作，换生活费。发来文帮着看，委婉地劝说，兴趣当成饭碗，就沉重了。还是回去做你的本行吧。

其实，我是很想说，写作的事，勤奋固然很重要。热情当然更重要。最重要的是，是天分。三毛说自己写稿，就从来没有遭遇过退稿。我没有这么牛。我中一篇稿，QQ上鲜花飞吻就扔得到处是。先生儿子到家，桌上最少四菜一汤。如果被退了，蔫蔫半天都不肯说话的。朋友家的三弟，经历坎坷，听说我写文章可以不工作了，立马要来跟着操作。

这个世上，什么样的人都不缺。经历坎坷就想着写自传，一炮走红，除非你是名角儿。后来，做淘宝了，卖围巾披肩。一种皮草的，漂亮又高贵。皮草和羊绒部分连接的，都是手工缝上去的。我并不懂，更不懂检查。巴巴地发了出去，客人说，这里裂缝了。蒙了。赶紧拆下其他条，姐姐正好来看我，数落着：这种手工钉的，一定先要检查，再要动手加固。看人家实体店，货一到家，忙着熨烫修整，这些全在准备之列。

恍然大悟，再卖丝巾时，就懂，拆开包装，一条条验看。这样发出去，才不会出错。这是生活常识。

同城小妞电话我，讨教做淘宝的经验。不客气，我算资深淘宝了。可是一个电话，我就能把人家教会？想当初，我泡在淘宝大学里，整整一个月，才把店铺开下来的。拍第一批毛巾，雪白的毛巾，生生盘黑了，你知道我花的是什么功夫？

连续贴试笔。总有朋友问，写得真好看！练的什么字帖？今天再贴试笔时，就详细地说了用笔用纸用墨，然后把练过的字帖，全数列了出来。客人发了一个傻眼的图标。我也在群里辅导写字，可是我确实没有办法，弄本田英章的字帖，然后就能写出试笔上的字了。

出去透透气。情人节快到了。到处卖花的。一个十岁左右的小男孩，站在风中，小声央着：买朵花吧。我一直是买花给自己戴的主儿，但今天不想凑这个热闹。多看了男孩几眼。小手上抓着一朵花，边上一个小红桶，桶里还有几支。不长的时间，小男孩把手里的花，放进小红桶，抓了另一枝在手上。看出门道来了。常看到卖花的。花束的不谈，但凡卖一枝两枝的那种，手里都会端一个桶。终于明白了，花束下面都有花泥的，可以注特别的营养液，可以保持很久不蔫。可是单朵花的，就需要有水养着。否则卖得久的，还没到客人手里，就直接萎了。

这就是了。卖花还得带桶的，那不管做什么，先期储备还是必需的，包括工作经验，包括禀赋天分，包括生活常识，包括经济支撑，包括人力资源……否则，就等着花谢吧。

到我的山上来吧

1

你可以把这篇当成歌词来读。

我是个歌手。流浪的歌手。

我现在的一切，都是唱歌挣来的。

先说男人。我身无长物，只会唱歌。走也唱歌，坐也唱歌，睡也唱歌。我的家人说，这孩子疯了，把她送出去治病，看她能不能好些。

我的家人，根本不可能送我到太远的远方。一个邻近的小镇。我的家人把我往那儿一扔，眼不见净，他们以为，只要听不见，我就不唱歌了。

我的发，齐到腰际，乌黑油亮，编着长长的辫子，拖在腰上，我长辫子一甩，张口就唱：人人那个都说哎，沂蒙山好。沂蒙那个山上哎，好风光。我在那样的小镇上，四壁刷着荒滩建乐园。

又有什么要紧？那里有一架新风琴。买回来几年了，没有人会弹，上面落满了灰尘。我坐在摇摇欲坠的长凳上，两脚一踩，有风从琴厢里出来。我又能唱了，"青山那个绿水哎，多好看哎"歌声飞出好远，风琴在两棵龙爪槐间。

那个男人，盘腿坐在下风处。下风，是指风吹去的方向。男人果真会选，选得那样一个好所在。我清脆的声音，是沿途抛下的金币，我看到男人贪婪地闭上眼睛，我抛下的金币他捡了满怀。当他的怀里再也揣不下一个金币时，他站起身，走到我的身边：你是否愿意随我来？

再说孩子。

于是我有了一群孩子。我从一个唱歌的，变成了一个地道的农民。我用我的歌声在一群孩子，荒芜的内心，种下很多种子。赤橙黄绿青蓝紫，说不清楚都有哪些种子。我的那帮孩子，天天缠着我，我困扰家人多年的病，治好了。我的那帮孩子，需要我的歌声，不像我的家人，时常要捂紧耳朵。我的孩子们，向阳花一般，朝着我仰头，老师，唱一首。

我口一张，就会唱，人人那个都说哎，沂蒙山好哎。黑白琴键在我的手下，行云流水。我的孩子会打断我的歌声：老师，沂蒙山是什么？

是啊。在我蓬勃的歌声里，沂蒙山是一个所在，一个梦想抵达的所在。一个我想指给我的孩子们，还要跋山涉水的所在。这个所在，中国版图小得不足以表现。这个所在，任何一个可圈可点的地方，都不是我歌声直指的地方。

我的孩子们和我有着一样清脆的嗓门，我的孩子们，和我一样有着很重的病，他们张口就唱：人人那个都说哎，沂蒙山好哎。

2

我都说过了。我不会去沂蒙山的。红楼里的贾宝玉，是衔玉而生。我，是衔歌声而来的。那个酷热的夏季，我的母亲生下了我。一个农村的家庭，生一下女孩，就够背运。我是第二个，又是个女孩。那份沮丧，可以想象。我的父亲，却手舞足蹈，他放声高歌：人人那个都说哎，沂蒙山好哎！听到没有？我生而为歌，我几乎在第一时间就知道用哇哇的哭声替我的父亲和歌，我的父亲一把举起那个小血人儿，亲了又亲，听！听！我唱她和呢！

那个衔歌而生的女孩，听说要去沂蒙，近乡情更怯，半途而出逃。同宿舍的宜春，面容姣好，娇柔可人，朝着她看，又想放歌了。

顾自坐在电脑前，敲得嗒嗒响。我的歌声无处不在，我的文字，我的书法，歌声震林樾。歌声多么能感染人，宜春哼着小调，洗白天的衣服。然后搓洗我脱下的袜子，宜春探出头来，欢快地唤："丫头，袜子替你捞过了。"

岂止是宜春！宜家宜室更宜歌的。

扳过忙成一团的宜春，我正色地说：我要唱歌给你听。宜春应：好啊好啊。

"人人那个都说哎，沂蒙山好哎！"

宜春和我长在同一个年代。竟有好一会儿不说话。沂蒙是我们这一代人的歌。沂蒙我们都不必去，沂蒙就在我九曲十八弯的歌声里，在我凌乱蓬松的发里，在我激越婉转的心里，沂蒙无所不在。

3

最后说到我喝的水。我赖以存活的资本。我唱歌，我流浪，我唱歌的间歇，我还要停下来喝口水。现在就说我喝的水。

店铺新搬了。六百平方米的大仓库。把它唤作我的山。向每个人发出邀约，来我的山上吧。搬迁的工作量，大到让我绝望。所有东西，杂乱无章地突然翻弄了个底朝天，真正抓狂。同学来电话，来我的城出差。

想着陪喝茶，真正走不开。我这般汗如下雨的，为什么就不能让他也来体验一把？过来吧，到我店铺，直接帮忙。

好家伙！无比充实的一个下午。我白衬衣蓝牛仔的同学，说干就干，搬动我装满纸笔的大箱子，搬动我硕大无朋的货架，在此之前，一盘散沙着。强休力劳动半天，临走时，同学犹嫌不够：都来不及替你整理好。

哈哈大笑。我的简总和丁丁，养尊处优的两个人，早早过上隐士的幸福日子，每日里做饭骑车垂钓，采菊东篱下了。直接电话他们来劳动锻炼，这里定点为他们的劳动基地，但凡要活动手脚，就来我的山上吧。

好久不联系的王总，电话我，问我在做什么？我正盘腿坐在地上，接他的电话呢。奔走了一个下午，脚上泡都有了，直接命令他：带扎矿泉水来，帮忙整理库房！

翻看沂蒙小调的创作背景，其实是讴歌红色年代，山区人民为革命事业做出的齐天贡献。歌词在今天听来，还是很美，"风吹那个草地哎，见牛羊。"那是个奉献的一代，可是总教人家奉献也不是个事儿。我就有很深的体会。

平时朋友亲人走得都不算太近，彼此忙碌，但凡他人有事相求，能帮的也会帮，可是我发现，肯开口求人，比替朋友两肋插刀，更重要。丁丁家婆婆都加入了帮忙的队伍，活儿来不及干，拎个口袋带回家说发动邻居老太太们做。妹妹的高跟像高跷，动作一点不比旁人慢。弟妹几日几日地全程陪同，实在站不动了，如我一般，直接席地而坐。看店铺里每天穿梭着帮忙的家人朋友，又想唱歌了。

帮人是重境界，像沂蒙老区一代又一代的人。求人，又是另一重天了。我几乎可以想象，下次我的朋友们再有什么难处，肯定愿意如我一样张口就提，我喜欢在我最困难的时候，我的友人穿梭忙碌在我的身边，假以时日，我一样，会到他们的山头，替他们催马执鞭运粮忙。

晚归的路上，薄荷香阵阵袭来。熬薄荷油似乎是盛夏的事。不知道这股浓香从何飘来。晚风轻拂中，我又变回了那个衔歌而生的女孩，"风吹那个草地哎。见牛羊"。我要飞翔了，那就请你横坐牛背，日日听我歌一曲。